INK INK INK INK INK INK
K INK INK INK INK INK IN
INK INK INK INK INK INK
K INK INK INK INK INK IN
INK INK INK INK INK INK
K INK INK INK INK INK IN
INK INK INK INK INK INK
K INK INK INK INK INK IN
INK INK INK INK INK INK
K INK INK INK INK INK IN
INK INK INK INK INK INK
K INK INK INK INK INK IN
INK INK INK INK INK INK
K INK INK INK INK INK IN
INK INK INK INK INK INK
K INK INK INK INK INK IN
INK INK INK INK INK INK
K INK INK INK INK INK IN
INK INK INK INK INK INK
K INK INK INK INK INK IN
INK INK INK INK INK INK
K INK INK INK INK INK IN
INK INK INK INK INK INK
K INK INK INK INK INK IN

季季作品集④

我的湖

季季・著

目錄

輯2──有人

輯3──有得

【代序】
伊的湖

伊的信的最後一段是這樣寫的：

想想看，這些年來，我去看妳的次數有多少回？但是，妳來看我的次數，可有一回？我邀請了妳許多次，妳總是說很忙，「以後有空再說吧。」什麼時候妳才有空呢？在我看來，妳忙的那些事情，不過都是爲人作嫁啊。一個人有熱情，願意爲他人奉獻，這固然是美德，但若因此失去自己，豈不也是一種悲哀！妳不但早已沒有創作，甚至也沒有了休閑生活！這樣的生命，又有什麼意義呢？其實，從妳家到我家，坐車只要一站，兩分鐘；下了公車走進來，也不過半小時；妳眞的連這一點點的時間都沒有嗎？我希望這個周末妳能抽空來看我——「抽空」的意思是「自我意志的實踐」，不是「等待」……。

*

伊的家裡沒有電話。每個月我們通一兩封信，知道彼此的近況。有時我連著幾封信沒回，伊的信照樣寄來：「沒有回信也是一種音訊，」伊會這樣寫：「我知道妳忙。」

在我的信箱裡，不容我拒絕的，每天有那許多鼓勵消費的垃圾郵件。伊的信，薄薄的臥躺其中，是唯一還有溫度的郵件。

有一次伊來看我，我建議伊裝個電話，伊說，「爲什麼一定要裝個電話呢？」伊的理由不是怕受騷擾，而是希望藉此與親人友人維繫「寫信」這個傳統。我說，那麼裝個傳眞機呢？伊哼了一聲：「妳不知道傳眞紙上的字，半年之後只剩一片模糊嗎？」所以伊繼續寫著信，收藏與被收藏，並以傳統美德的維繫者自居。對於所有的建議與質疑，伊的答覆幾乎是一樣的：「信件裡的文字，是有溫度的，妳可以反覆閱讀，過了十年二十年，還是有溫度的。但是語言能嗎？不錯，語言也有溫度，但是經過一年兩年，妳還記得嗎？尤其是電話裡的語言，說不定第二天妳就忘記了……。」

伊是對的，信件裡的文字，確實有著溫度，而且有著不同的溫度：攝氏二十至二十五度，使人平靜而且愉悦，攝氏三十度則使人躁熱難安。伊這封附著一張地圖的信，溫度已經超過攝氏三十度。這樣的邀請，確是不容人拒絕了。

＊

伊在地圖旁邊以毛筆楷書寫著「山居草圖」四字。下了公車之後，我依圖走過秀美社區，社區活動中心，社區公園。出了公園即四野無人，土路蜿蜒，兩側荒地簇擁著開滿黃白小花的咸豐草，邊緣地帶則間雜著高大蒼勁的芒草。嫩黃、墨黑、粉白的各色蝴蝶，在咸豐草的花間恣意飛舞採蜜，甚至就在我的眼前展翅掠過。這時的我的心情，回復了攝氏二十至二十五度的愉悅，對於偶而在腳下流竄而過的鼠輩，也沒有非我族類的驚悸了。

越過了荒地就是S形的坡路。碎石小路越走越陡，相思樹的金色花球一串串隨風搖擺，迎面之際彷如一片花海傾斜而來，讓人目眩神迷。伊在這段陡坡的旁邊以小字註明：「轉彎三次，約十五分鐘」。然後轉入一條小路，路口左側是一片甘蔗園，接著是一個池塘。在池塘右側，伊又以小字註明：「幾間紅磚舊屋，我家是第三間」。

甘蔗一壟一壟十分齊整，似乎還沒有採收。老葉多已乾枯龜裂，露出一節一節紅皮甘蔗的暗紅光澤。有些粗壯飽熟的，也已不支傾倒，在壟與壟之間錯落橫陳。我又嘆了一口氣；一口甜美的鄉愁。

然後是那個池塘。

伊曾經說，晚餐之前總在池畔垂釣，鯉魚、鯽魚看來都有半斤多重，每每釣起了又放下，盡興了才帶一尾進屋烹煮。池裡的荷葉豐腴翠美，伊也常摘來做荷葉稀飯，荷葉粉蒸肉。可是，伊說的這個池塘怎麼這麼大呢？看得到對岸，卻看不到盡頭。岸的這邊植一排垂柳，對岸則是一大片綠油油的芒草和高大的楠木。

然後，是那幾間紅磚舊屋。

每一間都有一堵矮牆，一扇柴扉。這些房子大概有幾十年歷史了吧，紅磚的色澤早已沉淡，密覆其上的只有一層層絨毛般的青苔。柴扉想必也已多年未曾油漆，除了鮮綠的苔衣，還有久浸風雨留下的墨斑，一簇簇如山水寫意，有一種如眞似幻的雅趣。

然後是伊。

伊看到我並沒有驚訝。一切的進程隨著文字的溫度前行，都在伊的預期之中。伊穿一襲白底淡褐條紋的夏布長衫，白襪黑布鞋，袖子挽起七分，宛然一幅古畫人物，風流盡在不言。

*

喝了茶，伊先帶我沿著池畔緩緩行走。這條路很窄，僅容兩人並行，柳絲不時拂到臉上和身上，甚至拂到池畔人家的牆頭。那些豐腴的荷葉，一片片緊密疊擁，貼著水面蔓延，厚實而沉穩。風吹過，鳥掠過，蛙躍過，它們仍兀自紋絲不動。太陽早已升起，它們的夢結束了，舒捲的葉緣坦露細密的脈紋，光潔的臉容飽含著清醒煥發的張力。然而它們不搖曳，也不相互推擠，只是彼此貼頰，凝望，傾聽，接受陽光愛撫。也許厚實的平靜之下正蘊藏著一場華美的騷動吧，於是我問伊，這片荷塘開花時節是一幅怎樣的風景？

「我不知道啊，」伊錯愕了一下，「它們從來沒開過花呢。」

伊退休之後就住在這裡，已有六年了。伊沒看過它們開花，伊說他的鄰居也沒看過。鄰居的鄰居是個老先生，已在池畔定居二十多年，伊轉述老先生的話說：「這些荷啊，全是啞巴！」伊接著老先生的話說：一個美人，即使是啞巴，也還是美人。

說到荷花，伊的語氣有些激昂了。伊認爲中國繪畫裡的荷，大多只有兩種境界：盛放之際，人們詠嘆它們出污泥而不染；殘敗之時，則隱喻孤寂的心境，摒棄繁華，修養生息。但是眞的走到荷花池畔，冬景凋零之時，殘荷不都垂入污泥了嗎？卻很少有畫家把污泥畫進去，眞是不公平啊。沒有污泥，哪有生命和美呢？你看看這片荷塘，一年四季粉綠盎然，沒有盛開，沒有殘敗，永遠緊貼著水面，從來不追求出污泥而不染，因爲它們的根就在污泥裡啊……。

我停下來凝望著這片從來無花的荷塘。對於這樣的初會，唯有肅然。

*

漫步了半個多小時，池畔已無磚屋，徑旁只有芒草蒼盛，而荷塘遼闊，仍然不見盡頭。伊指著遠處的山頂說：走到那個山腳下，盡頭就到了。我望著山頂說：「這怎麼是池塘呢，這明明是個湖嘛！」伊輕聲笑了：「是啊，也可以說是一個湖。」我記得伊去我家看我時，有時說起他的家，無非是這樣說：「我家在偏僻的山坳裡，一座舊磚屋，門口有個池塘，種了幾株荷花，妳有空來坐坐……。」伊竟是如此的謙虛啊，這謙虛讓我嫉妒了：「你有一個這樣大的湖，爲什麼說是池塘呢？」伊又輕聲笑了：「沒有多大的差別嘛，反正都是有水的地方。」我嫉妒得不禁哽咽了：「但是我連一個小小的池塘都沒有啊！」伊圍著我的肩叫我不要失望：「過幾年妳退休了，說不定就可以搬來這裡住了。」

「你是說，有人搬走嗎？」

「也許，沒有吧？」

「那麼，有人死亡嗎？」

「也許，有吧？」

*

伊每天沿著這個腰果形狀的湖漫步至盡頭，往返兩小時。在山裡採些野菜，或撿些枯枝回來做柴薪。午餐之前，寫作兩小時。下午到秀美社區寄信，在活動中心看報紙，陪小朋友畫圖，唱歌，跳舞。傍晚坐在柳樹下垂釣，或到甘蔗園捕兩隻肥美的田鼠下酒。晚上則聽音樂，寫信，看書，做筆記，在冥想中入睡。凌晨四時，長的短的，嘹喨的嘶啞的各種鳥聲，彷彿在伊的耳際演奏，琉璃鳥的歌聲甚至鑽入伊的胸懷，使他驚喜而醒。靜坐半小時之後，伊開始修改前一日寫的作品，或者繼續寫作。「只有寫作時我的情緒還會有一些騷動。」伊望著平靜的湖這樣說。

＊

回到伊的屋前，甘蔗園已有人來採收了，伊常聽我說童年陪父親在灶前烤甘蔗的故事，飛奔而去買了一枝。「看妳的運氣有多好，今天可以吃烤甘蔗了。」

伊的廚房寬敞正方，磚砌的大灶鄰著窗，外面有支煙囪，灶前的竹簍裡盛滿碎柴、枯枝、廢紙，還有一隻樹頭做的矮凳，已經坐得又黑又亮。伊說，中午要煮一鍋素的麵粉粿請我，榨菜、木耳、香菇、蛋皮、山茼蒿，皆已備妥。伊在灶邊煮食，我就在灶前添柴顧火烤甘蔗。過沒多久，甜熟的蔗味漸漸漫散而出，山茼蒿的清香也瀰漫整個廚房了。準備熄火的時候，尚未燃盡的柴塊竄出縷縷輕煙，一忽兒都鑽入我的眼睛，讓我痠痛難忍，無法睜開眼睛。

就在那時，忽聽得雷鳴掩耳，雨聲霹靂。等我終於睜開眼來，屋外已是一片滂沱。

「雨下得那麼大，我怎麼回去呢？」

伊的臉隱在暗處，卻是沉默不語。

烤甘蔗、麵粉粿都在灶上等待，一場鄉愁的盛宴就要開始，然而伊繼續沉默著。

我沒有向沉默的伊道別，但是我，轉身，離開了。

沒有奔跑，沒有濕透衣裳，我回到了家，在我的床上慢慢清醒，逐一回想那場未完成的盛宴。

雷雨確實在屋外奔騰，我的眼睛也確實仍然痠痛著。近日一直在爲編寫的書作最後訂正，十多萬字進行了五天，今晨結束工作時，發現眼球微血管又破裂了。鬧鐘在下午三點響起，我的眼睛仍痛得睜不開，疲累的身軀也無法動彈。但我朦朧想起，這是周末的下午，於是又沉沉睡去，於是看到了那封伊的信，拜訪了伊的湖……。我的鄉愁，慾望，想像，一一從潛意識裡出走了，追隨著那個夢飛翔，遠行……。

原來，這是一個夢的開始，以及結束。

*

天全暗下來了。我下床踩到書房，燃起了菸坐在窗前聽雨。酣睡之後的飽足是如此幸福。夢中的場景呼應著生命中的每一階段，竟也依稀彷彿。梅雨季尚未結束，我已領受了一場洗禮。

一九九九年五月《中國時報》人間副刊

輯1

有涯

我的白流蘇

偶而和愛花的朋友聊天，說起我家有盆白流蘇，朋友總是一臉的驚訝：「哇！妳怎麼會有白流蘇？」——語氣充滿了羨慕與嫉妒，卻似乎又有一些懷疑。

也許你已經明白了，會這樣問的人，大多是張愛玲的信徒，〈傾城之戀〉的仰慕者。三十多年來，〈傾城之戀〉裡的白流蘇，已經成了很多曾經滄海的女性朋友心嚮往之的偶像，而白流蘇這種花，似乎也依附了張愛玲的魂魄，在張迷心中矗立了神聖不可取代的地位；彷彿白流蘇只能在〈傾城之戀〉裡存活；「怎麼可能在妳家有一盆？」

一九六八年，《張愛玲短篇小說集》在台灣出版，〈傾城之戀〉帶著白流蘇首度與台灣讀者見面，浪漫傳奇搖曳生姿，文友聚會，常會聊到白流蘇的幸與不幸。但是關於白流蘇這種台灣少見的木本花卉，我最早的記憶是從蕭麗紅開始的。二十多年前，當我們幾個女性朋友已被兒女所困時，蕭麗紅還孤身一人逍遙自在，有閒熟讀經典，據說《紅樓夢》可以倒著背，讓我們心生慚愧。那時她在大同公司「打電話服務就來」負責用戶申訴工作，爲了便於和在台大就讀的弟弟見面，在羅斯福路水源市場附近一棟木樓租了個房間，下了班就在那個小房間埋頭寫她的第一部長篇《桂花巷》；有時到台大看看弟弟，順便在校園走走，對那些花草樹木寄託想像，模擬轉換鹽水富貴人家的小說對白。大概是一九七四年吧，有一天她興奮的四處向諸張迷走告，說她在台大校園發現了兩棵風華正盛的白流蘇，一樹的花開得白綿綿：「妳一定要去看哦，」她說：「張愛玲的白流蘇呢！」——那是我第一次知道，白流蘇不止是一個人名，也是一種花名。

無奈我那時靠寫作生活，每天寫到天亮，看過早報才睡，下午起床太陽已快下山，孩子就要放學回來了……。總之，我不曾在白流蘇開花的季節到台大校園去朝聖。好在蕭麗紅也諒解我的作息，沒有追根究柢。而且，在這方面我也許是比較務實的吧：張愛玲的白流蘇，是人；台大的白流蘇，是花，二者既然可以情思重疊，未嘗不能意象分離。

*

所以，「妳怎麼會有一盆白流蘇？」答案其實無涉張愛玲，因爲我的白流蘇是老同事鄧美玲送的；今年已經第五年開花了。

美玲心愛的丈夫張旭昇是《中國時報》攝影記者，一九九四年去俄羅斯出差，不幸飛機失事喪生。她堅忍的慢慢走出憂傷，單薄的身子見了人總托出一張微微的笑臉。每次在辦公室與這張臉對望微笑時，我總是想著：眞不容易啊，這生存的勇氣！

一九九八年暑夏，我因服用灰指甲藥物不當引發急性肝炎，在家休養了兩個禮拜。由於炎、癌同音，我休假的日子裡，同事傳來傳去，有些二手傳播不明就裡，誤以爲我得了肝癌。銷假上班後，美玲來到我身邊，搭著我的肩膀說：妳還好吧？她依然微笑著，我卻從她的眼神看出一絲憂心。我解釋了病因和病況，她眼裡的憂色才漸漸轉爲欣喜，笑著說：還是要保重啊，要不要來和我們一起學太極導引鍛鍊身體？但我積習難改，還是晚睡晚起，一直沒能去上一堂課，對她的關懷始終覺得虧欠。然而每次見面，她還是搭著我的肩膀說：有好一點了吧？要保重啊。

有一次美玲來找映霞和我聊天，說起她家白流蘇開花的盛景，笑得一臉燦亮。美玲那時常在家庭版報導園藝，熟知苗圃生態，我問她哪裡買得到花苗，她說：如果妳要種，我可以幫妳買啊。過了兩天，美玲拎了兩盆白流蘇來，堅持那是送給映霞和我的，我們也就空手謝過，歡喜的帶回家。不過映霞癡於養貓，也許冷落了白流蘇，入門之後，白流蘇嫉妒日深，竟而香銷玉殞了。

美玲送的白流蘇，種在直徑十公分的塑膠苗盆裡，乾瘦矮小，第一眼看到不免有些失望。但植物和人一樣，剛出生的小嬰兒，不也可以照顧得白胖紅潤嗎？我把那棵瘦小的生命移植到一個直徑二十公分的紅泥陶盆後，白流蘇就和我家的九重葛、桑椹、枸杞、茉莉等等木本花卉一樣，除了太陽空氣水，偶而還喝魚湯（洗過魚的水），喝肉湯（川燙過肉的水），也喝米湯和奶水，而且也常常吃青菜（挑除的菜葉）和菓皮。我還放進十條蚯蚓，讓牠們爲白流蘇鬆土透氣，清理五臟六腑。如此享用人間煙火，兼納葷素之氣，白流蘇漸漸色澤煥然，抽枝萌芽，體態豐潤起來。

第二年春天，白流蘇卸去一身黃衣，冒出橢圓形綠葉，白色的花像細針一樣，漸漸的從枝條末端一針一針刺出來。過沒幾天，繁針成蓬，每一枝條末端都垂掛著串串花球，一球一球疏密相間，像煞一樹雪花，陽光輝映時尤其嫵媚耀眼。不過這雪花和白流蘇這小樹纏綿一個多月，見了陽光卻是不會融化的。

此後每年春天，美玲都要來搭著我的肩膀說：白流蘇開花了嗎？

當辦公室的愛貓族說著愛貓，愛狗族說著愛狗，美玲和我說的是靜靜開花的白流蘇。我告訴她五六年前就在天母公園籃球場邊發現七八棵比籃球架還高的白流蘇，只是那時無從得知芳名；她告訴我坐捷運經過劍潭站附近，看過幾叢白流蘇一閃而過；聽說二二八公園也有白流蘇的芳蹤……。每次我把白流蘇盛開的照片拿給美玲驗收成果，映霞在一旁看了總羨慕的說：唉，我怎麼沒這個福分？

人間福分各人不同，映霞和愛貓的福分，我也是沒有的。

＊

美玲沒有兒女牽繫，去年夏天決定走進大社會，自由自在的學中醫，教太極導引，過自己喜歡過的生活，做自己認爲該做的事。今年二月十一日，她在浮世繪版發表了〈人人好好，台灣一定好好〉一文，做了上善人文基金會執行長，相約大家推動「台灣好好運動」，同事看了都很欣喜：嗯，那就是美玲認爲該做的事！二月二十二日我去圓山飯店參加「新春文薈」，阿扁總統在眾多文友面前還特別提到他看了這篇文章的感動，並且引用美玲文中的話與大家共勉：我們要相約「好好吃飯」、「好好走路」、「好好說話」、「好好呼吸」；但願你好我好，「台灣就好好」。當時我想：阿扁引用這幾句話，眞的很有心啊；如果他能把台灣帶到這個好好的境界，就一定青史留名了！

「新春文薈」的前一天，我們爲一個老同事退休送行，美玲也來參加，「好好爲他送行」。吃完飯，美玲又提到了白流蘇。她說，到北京去了十幾天，花都沒澆水，回來後澆了幾天，白流蘇就都開花了！我羨慕的說，我的白流蘇還穿著一身黃衣呢！她笑著安慰我：別急呀，白流蘇本來就是三四月才開花。美玲眞是細心，記得白流蘇是三四月開花！「好好種花」原來也包括了要記得準確的花期。僅只這一點，我都還得向美玲學習呢！

＊

不久白流蘇眞的一片片卸去黃衣，萌發橢圓形新葉，白色的細針一針針刺出來，一入四月又繁針成蓬，花球疏密相容，一樹雪花亮眼。每天中午起床後，我總要先與白流蘇深情對望一眼，心神漸漸甦醒過來，然後才看報看電視新聞。然而報上登的，電視播的，不是戰爭流血死亡，就是細菌失業搶劫；不是炮火漫天，就是黑雲徘徊；而人的臉，大多沉鬱驚惶沒有笑容，人的心，想必也都是灰黯的吧？人生實難！濕潤了的我的眼睛，於是常常脆弱的、不忍的逃離了。

終於，我又望著，定定的望著，我的白流蘇。

已然六歲的白流蘇，枝骨勻稱，亭亭玉立，一樹的花球白得那麼通透，那麼自在昂然！在那惶然的一刻，我又想起了美國詩人威廉斯的詩：「沒有一種白，比記憶裡的白更白。」威廉斯那句話，是對流逝生命的追念，對純潔心靈的憑弔；那是經歷了社會化的人，大多會面對的無可如何之憾。而我，此時此刻，與威廉斯那句話遙相呼應的感懷是：「沒有一種白，比白流蘇的白更白。」她堅持她的白，絕不變色，也不變節；「確信沒有人進來，也沒有人離去。」——那是一個我想望的，必須不斷向白流蘇學習的境界。

二〇〇三年五月二十三日《中國時報》人間副刊

我家和平鴿

1.

窗啊，請你打開，讓陽光進來。

但窗還沒打開，窗簾也只拉開一半，噗一聲，一隻鴿子驚慌的從臥室外的花台飛了出去，飛到對面別墅的斜背屋頂上，不安的挪著碎步，頻頻朝我的花台張望。我不由得跟著牠的視線回望我的花台，啊呀，這個春天又丟給我一個選擇題了！

於是我打電話給鳥人，再一次向他報告這件春日大事。十多年前我曾和他在同一單位上班，他常蹲在辦公室門邊抽菸；如果沒在抽菸，也是躬著背低著頭像隻鳥在沉思；有時會突然冒出一句：「幹！做人真沒趣味！」——人在屋內上班，鳥在天空飛翔，人當然不比鳥自由有趣。放假日他常四處賞鳥，寫鳥畫鳥；有關鳥的事，他是我們許多朋友的導師。

「鳥仔，鴿子又來我家花台生蛋了——」

「真的？又來了？」他急切的打斷我的話，興奮的說：「那很好啊！那是很好的事啊！」

然後他就以鳥人的權威，在電話那頭下達命令：「不要動牠！讓牠孵出來。」

「但是那兩個蛋正好在花叢下靠根部的地方，不能澆水，我怕花會乾死啊！」

「唔——」他在電話那頭陷入短暫的沉思。然後又以鳥人的權威說道：「如果是我——」停頓了一下，大概怕傷了我的心，但接著還是以堅定的語氣說道：「如果是我，我會選擇犧牲。」唯恐我誤解，很快又加一句：「我是說，犧牲那些花！」

啊，犧牲，多沉重的兩個字啊！

「鳥仔，你知道那是什麼花嗎？那是草蘭呀！」

「哦，草蘭？」

「草蘭開的花有點像梵谷畫的鳶尾花，但鳶尾花看起來比較像豐滿的貴婦人，草蘭比較像輕盈的蝴蝶，穿一件白衣裳，胸口繫著紫色絲巾，我家花台的草蘭，有時一天就開三四十多朵，你知道那有多美嗎？現在正是草蘭快要長花苞的時節，如果不澆水，花苞也許長不出來，說不定還會乾死呢！」

「我知道，我知道，」鳥人聽到「蝴蝶」，對草蘭似乎有了比較具體的概念：「等一等，等一等，」他好像找到了什麼妙方：「你看到的鴿子是哪一種？」

「就是粉鳥啊。」

「牠有沒有自己先做一個巢再生蛋？」

「沒有啊，花叢下有些乾葉子，蛋就生在那上面。」

「啊，那就不是珠頸斑鳩啊？」他好像有點失望：「如果是珠頸斑鳩，那是野生鴿，要好好保護，如果是粉鳥，那是家鴿，牠們出來流浪到處生蛋，你就把那兩個蛋煮來吃，當作是牠們送你的禮物。」

「啊！煮來吃？」

「是啊，如果你不想犧牲你的花……」

2.

結束了與鳥人的通話，換我陷入沉思了。

「把那兩個蛋煮來吃」，這已不是選擇題，而變成是非題了！

那群鴿子約莫有二十多隻，我家附近方圓三里看不到一座鴿舍，不知牠們是屬於更遙遠之處的某個主人，或是早已離家出走，四處流浪？牠們每天都在對面斜背屋頂上漫步，交頸，打盹，整理羽毛，或結伴到天空競逐繞圈，或隨意飛到我家各個雨棚做客；留下白的黑的灰的禮物。有時我把剩飯果皮撒在花台上，走出臥室躲在門後一看，牠們已翩然而至，低頭啄食；為免驚擾牠們用餐，我必須提醒自己暫時不要走進臥室。早春時節，草蘭抽芽開花，鴿子孵育幼雛，世間種種生命莫不忙於繁殖，我怎能吃牠們的蛋呢？我怎能做個殺手呢？

去年春天，也是三月初的某日下午，也是窗簾拉開一半就聽到受了驚嚇的鴿子噗一聲從花台飛出去，看到草蘭叢下臥著兩個橢圓形鴿蛋。那時我也曾打電話給鳥仔，也許因爲是第一次，他沒這次嚴肅，只是叫我觀察看看，大概覺得不甚樂觀吧。倒是同事聽我說起花台上的鴿蛋，都覺得新鮮好奇，不時問道：「你那兩個蛋怎樣啦？」然後趕緊加上一句：「我是說那兩個鴿蛋啦。」

過了一個多禮拜，鴿子媽卻不再來孵蛋了。我把窗簾拉開細看，才發現鴿蛋已破，蛋汁也已乾了。那一個多禮拜幾次躡足走進臥室偷窺，我才了解鴿子媽孵蛋時，鴿子爸也會來代班或探班。有時牠們夫妻倆擠在一起孵，一幅小家庭甜蜜圖。那兩個蛋，也許就是被牠們倆擠破的吧？

悵然若失之餘，心裡卻也不免一喜，趕緊提了三四桶水倒進花台，讓奄奄一息的草蘭來得及補足水分；後來的一個多月裡，葉脈上端又不斷綻出花苞，穿白衣繫紫色絲巾的蝴蝶依舊成群在花台飛舞。

3.

今年生蛋的鴿子媽，和去年的不知是否同一隻？但我比去年更小心，每次都赤足走進臥室，輕輕掀起窗簾一角，隔著窗紗偷窺。鴿子媽頸間圍一圈嫵媚的粉紅羽毛，鼻翼飾半圈白寶石，一雙晶亮的眼睛警戒的望著我；每次我以爲偷窺成功，卻每次都被牠發現了。難道牠身上有電波，可以探測到我的呼吸嗎？其實我偷窺的不止是鴿子媽，我也急著偷窺已經幾天沒有喝水的草蘭；看到它們黃葉漸生，眞的是「乾」著急啊。

如果我站在窗邊超過三十秒，鴿子媽的眼睛就越來越亮的瞪著我，彷彿在質問「妳爲什麼還不走開？」如果我繼續站在那裡，牠就以一種決然的姿態飛出去；也許是驚慌，也許是生氣，更或許是抗議。如此幾次，我就衍生了罪惡感，覺得不該打擾鴿子媽孵蛋的幸福，也不該剝奪了牠們的親子時間。

不過我終於想到一個關鍵性的問題：鴿子孵蛋需要多久的時間？於是打電話到一家鴿舍去請教，老闆娘很熱心的說：「十八天就夠啦！」她以爲我是新手鴿戶，很熱心的補充道：「你有沒有買孵蛋器？用孵蛋器溫度比較固定。」那口氣似乎是想向我推銷。我把花台的故事說給她聽，她立即換了一種口氣：「哎喲，那就很難說嘍！那些流浪鳥，飛來飛去，溫度不固定，也許孵不出來哦，如果是無精蛋，孵再久也沒路用……」

放下電話，我鬆了一口氣。十八天，悲觀的人會想：要那麼久啊？樂觀的人則想：還好，只要十八天！不管悲觀或樂觀，反正發現鴿蛋也已一個多禮拜，再過十天就有答案，我終於無需再做一個偷窺者了。每天起床不再拉開窗簾，進出臥室有如進出暗房。只希望鴿子媽和鴿子爸不要太親熱，免得又把蛋給擠破了。如果能孵出兩隻小鴿子，那是牠們的喜事，也是我家的喜事啊。

4.

鴿子媽生蛋以前，想必對周邊環境有過仔細的考察吧？我家客廳外的花台其實更寬更長，但種的是枸杞、薄荷、蕃薯葉之類的植物，隱密性不夠。鄰居家的花台，有的淪爲閒置空間，有的種些茉莉、圓仔花、黃金葛，只有我家有草蘭。草蘭植株形似一把大扇子，葉片直挺有一尺多高，十多株草蘭扇子疊在一起就像一座半月形圍牆，鴿子媽蹲在那牆腳跟孵蛋，確是十分隱密；除了我，還有誰會看到那兩個蛋呢？鴿子媽相信我不是個偷蛋者，才放心的把蛋生在我的花台啊。在早春的寒風裡，除了草蘭家族，周遭也確實找不到更密實的擋風牆了。原來，鴿子媽是千挑萬選，那麼愼重的把那兩個蛋信託給我的花台和草蘭家族！草蘭有知，搖曳著黃葉與春風共舞之時，想必也一定和我一樣欣然的等待著鴿族的新生命吧？

5.

終於，第十八日來臨了。那麼巧，正是三月二十，總統大選的日子。起先我也忘了哪天是第十八日。每晚下班回家後照舊書寫到天明。三二〇之前的幾天，心情一日日沉重，緊繃；到了三一九晚上，心緒被電視裡不斷播出的槍擊、鞭炮、沸騰的吶喊所撕扯，回到家沒洗臉就癱軟在床，無法沉靜下來進入書寫的世界。那麼，就早點睡吧，我想。

瞇瞇矇矇之中，幾聲細微的鳥聲拍打著我的耳膜。似醒未醒之際，我試著用一半的理智和記憶去辨識那到底是麻雀或是鴿子的鳴叫。然而似乎不像鴿子的咕咕，也不像麻雀的吱喳。那聲音是那麼細微，那麼持續，而又那麼有力！我於是靈犀一點，完全清醒了過來；起床一看，清晨六點半。

雖然輕手輕腳的拉開窗簾，鴿子媽仍然驚慌的從花台飛了出去，草蘭叢下則傳來那細微的，持續的，有力的叫聲！天未大亮，我把玻璃窗和紗窗全拉開，欣喜的好奇的低頭細看。一隻新生的肉紅色雛鴿，正輕輕的搖擺著身子；另一隻則還在用力的扭動頸項，急著從已破一半的蛋殼裡掙脫出來！牠們的眼睛似乎還迷離不清，張大的嘴喙卻都不停蠕動著，殷殷向著這個初訪的世界發出歡悅的歌唱。原來是一對和平鴿呢。我向對面的斜背屋頂輕拍了幾下手掌：恭喜啊，鴿子媽！

然後洗臉刷牙，下樓拿報紙。但是正襟危坐看報之際，不斷聽到鴿族飛來拍打客廳花台窗子的聲音。抬頭看去，有的甚且把腳爪倒吊在窗框上撲打翅膀，彷彿在做特技表演。這樣持續了將近十分鐘，我又一次靈犀一點：原來那是鴿族對我的邀請啊！於是即刻放下報紙，欣欣然走到陽台去。

陽光已經出來了，斜背屋頂上的鴿群，仍然來來回回表演特技，展翅撲打的聲音一陣陣彷彿三部合唱。我打開窗子探出頭去，牠們立即成群飛向天空，歡快的繞了一圈又向下俯衝，彷彿一列儀隊正要舉行和平鴿誕生的慶祝典禮。

我微微的笑了。然後向右側的臥室花台看去，啊，草蘭竟已長出七八個花苞，而那隻鴿子媽，佇立於花台邊緣昂頭顧盼，正神采奕奕的接受著祝賀呢。

二〇〇四年四月七日《自由時報》副刊

寫在右腿上的字

一隻右腿，只是身體的一個局部。但由於書寫其上的四個字，那隻右腿替代了一個形容模糊的臉孔，成爲明確的，可以清楚辨識的，另一種臉孔。

那沒有嘴的臉孔，一直無言的，在我腦海裡翻轉著無解的故事。

許多故事呈現其表象之時，例如那隻右腿，並沒有事先徵求任何人的同意。也許，走過那個騎樓，撞見那隻右腿的，也不止我一人。我難以揣測他人的眼睛，難以感覺他人的感覺。我只知道那表象，或者其他類似的表象，貿貿然撞擊了我的眼睛，撞痛了我的神經；而我連一點點拒絕的權利也沒有。所以，也是未經同意的，從一隻右腿，或者一個手勢，一個眼神，被撞擊了的我的大腦也迅速排列組合，瞬間進入撞擊者的內裡，推演其中的故事脈絡與血肉。我們的每一天，其實都活在這樣的，撞擊者與被撞擊者的劇場裡。有些撞擊輕輕掠過，不久也就淡淡然遺忘了。有些撞擊則像一把利刃，劃過我們腦部的某處，留下深藏其中的一條難以癒合的刻痕。

＊

遇見那隻右腿，大約是八年前吧。爲了營建捷運龍山寺站，萬華戲院及周邊的舊屋都已拆除。空曠的一大片地，隔著不久也將拆除的西三水街市場，遙對香火鼎盛的龍山寺。那片空地邊緣蓋了一排灰色工寮，周邊堆著各種機械和工具，地下正進行著捷運工程；據說完工通車之後，地上要規畫爲十二號公園。空地的其餘部分則點綴的種些零零落落的樹木，搭建了一座紅色八角亭，野生花草四處怒長，大概是十二號公園的雛形吧。

黃昏的時候，我喜歡在龍山寺附近的桂林路下車，沿著附近幾條老街東看西看，在緊張的工作之前先享受片刻的閒蕩樂趣。陰暗矮小的老屋前，一塊窄窄的三角地，常有孩童玩球嬉戲，偶而一粒球丟到我的腳前，我就彎腰撿起，笑著丟回給他們。微駝著背的阿婆，穿一身洗白了的灰布衫褲，緩緩的推著嬰兒車迎面而來，公車摩托車呼嘯而過，她微微的對我點頭一笑，我歡喜的回以一笑，感覺笑紋不斷擴散，散到心的深處。一個商家少婦在門前水龍頭下仔細的挑菜洗菜，那低低的專注的頭，是一個讓我羨慕的、等待的姿勢；不久之後，她的家人就要回來晚餐了。但是昔日的華樓，大多人去樓空，一扇扇緊閉的門扉，不知封鎖著多少難解的恩怨；只有吱喳的麻雀在殘破的樓窗前跳躍，肥綠的萬年青在牆洞間攀爬。那些富裕的人們，爲何捨棄了他們的華樓？如今都到哪裡去了呢？

約莫閒蕩了半小時，我斜穿過那個公園，到大理街的報社上班。那時正是夏天，八角亭內聚集著一群中年或老年的男女，他們身上的衣服似乎經久未洗，腳上不是趿著拖鞋就是一雙赤足；酒瓶，水瓶，包袱，提袋，塑膠袋，四處散置著。有人握著酒瓶喝酒，有人擺一盤棋默默的下著。有人蜷曲著身子睡覺，有人跨在欄杆上盪著雙腳，無言的抽著菸。也有人靠著欄杆，或者無所倚靠的坐在地上，沒有抽菸也沒有交談。彷彿看著落日，又彷彿什麼也沒看。彷彿想著什麼，又彷彿什麼也不想……。我匆忙走過，眼睛被撞擊，那力量急劇蔓延，沉落，在胸口之處隱隱作痛。要說我潛意識裡沒有一點點階級的敏感，連我自己也不肯相信的。但如果說我沒有一點點的悲憫，那也是連我自己都認爲矯情的。然而一次又一次，我遠遠的看著他們，然後斜穿過公園，匆匆的走出去。

多麼懦弱的人啊，竟然沒有一次，我有勇氣停下來。

*

後來颱風來了。連著幾天大雨，公園泥濘難行，我改變路線，在康定路口下車，沿著可以避雨的和平西路騎樓走到報社去。那日恰是星期日，成衣店都拉下了鐵門休息。天色灰淡，微雨迷濛，那黃昏裡的騎樓空蕩而安靜。望著那些平日掛滿華服的灰色鐵門，心裡不由得升起幾許寂涼。就在那寂涼的時刻，我看到了那隻右腿；結結實實的，彷彿眞的，用力的，踢了我一腳！

那人蜷曲著身子，向左側躺著，右腿壓著左腿，頭下墊著灰暗的花布包袱，上身的汗衫發黃，下身的深褐長褲發黑。或許因爲悶熱，他的褲管捲到膝蓋上，露出蠟黃的小腿，污黑的腳板。在幽微的亮光中，一頭亂髮顯得格外的濃密而漆黑。看不出他是中年，或老年。也看不出他是睡著，或只是疲累的曲在那鐵門之前暫息。我加緊腳步，像走過八角亭一般，往前疾行。但是走近他的刹那，匆匆的我的眼睛，匆匆的被他腿上的四個字撞擊了！「痛改前非」，暗綠色的字，每一個大如小酒杯的杯口，似乎快把他的小腿寫滿了！

我不敢看第二眼，也不敢回頭去看他的臉，只是不斷的在心裡問著：那是一張怎樣的臉啊？一張怎樣的臉，才會出現那樣的一隻腿？有著怎樣的「前非」，才須在自己的腿上銘寫那四個字？如果「前非」已經「痛改」，爲何他仍蜷曲在黃昏的騎樓之下？

黃昏的空中只有細雨飄過，沒有誰有答案。

第二天，第三天，我沒再看到那隻右腿。天轉晴了，我又在桂林路下車，在老街漫遊，穿越那個公園去上班。那些中年的老年的男人和女人，仍然在八角亭聚集著，彷彿看著落日，看著西園路上川流的車陣和人潮，又彷彿什麼也沒看到。有幾次我聽到沙沙響的歌聲，大概是撿來的收音機，其中一次竟是播著〈燒肉粽〉：自悲自嘆歹命人，父母本來眞痛疼……。

＊

然後冬天來了，八角亭裡空蕩蕩沒了人影。我仍然穿越過公園，在冷肅的風裡裹緊了圍巾，心裡願想著他們也許找到了溫暖的安頓之處。然後夏天又來了，八角亭裡又出現了簇擁的人影。那些人影是否去年的那一群呢？對於我或者其他的路人而言，去年的他們和今年的他們，又有什麼不同？遠遠的模糊的移動的人影，有誰記得他們的臉孔？

不久又有颱風到來，我再度改變路線，在康定路下車。天啊，彷彿是複製著去年夏天的影像，我又在騎樓下看到了那個蜷曲著身子的男子。他的褲腿仍然捲起來，在幽微的天光裡，那暗綠色的四個字，「痛改前非」，仍然像拳擊手一樣的，撞擊著我的眼睛！我無法分辨去年的八角樓人影和今年的有何不同，但我確認眼前的男子就是去年的那人；他腿上的四個字，不就是一張清晰無比的臉孔嗎？

已經一年過去，爲什麼他仍蜷曲在那鐵門之前？他甚至不是一個乞者，身邊連一個供路人捐錢的碗缽也沒有啊。然而，帶著那深入皮肉之下的「痛改前非」，他繼續蜷曲，裸露，展示，無視於任何一雙眼睛的注視！到底，那是一種對誰的指控，或者，只是無以自拔的絕望？

黃昏的空中只有細雨飄過，沒有誰有答案。
我疾步前行，在震耳的車聲裡淚流滿臉。

二〇〇六年四月十九日《中國時報》人間副刊

高空中的政變

這個故事發生於一九九〇年。即使當時台灣已經解嚴三年，並且有了第一個台灣人總統，「政變」兩字，作爲一種說法或想像的推演，都還飽含著政治禁忌的恐懼與張力。但在三萬五千呎的高空，從地面的現實人生抽離，在一種無政府的飄浮狀態裡，語言或想像的「政變」，指涉的不是政治禁忌的恐懼，而是對於高空之下的現實人生，絲絲縷縷難以割捨卻又難以碰觸的恐懼。如果你幸運的不曾經歷這樣的恐懼，那麼請你閉起眼睛想一想：當國門（或者家園）就在你的腳下，而飛機不能下降，不能回去，必須駛往另一個國家……，那時的你的心情，是一種怎樣的千折百轉？

＊

「各位旅客，這是機長報告……。」

舊金山直飛台北，航程十四小時。過了夏威夷，空服員就叫我們把手錶調回台灣時間。

航班預定晚上八點半抵達桃園中正機場。將近八點時，機長報告說，快要飛抵桃園中正國際機場，但因台灣北部大雨，視線不良，降落時間可能延誤……。那時剛吃過晚餐，經濟艙裡有人假寐有人玩撲克牌，有些人還在喝紅酒，似乎無人在意機長的報告。我坐在中段右排靠走道的位子，讀著出遠門都隨身攜帶的《湖濱散記》。旁坐的年輕小姐拿出化妝包，開始細心的補妝，靠窗坐著她的男友，卻是鼾聲不斷。

「各位旅客，這是機長報告……。」

間隔不過一刻鐘，這次機長報告卻說：「因爲大雨視線不良，中正國際機場塔台通知我們在上空等候……」

「那到底要等多久？」坐中間那排的禿頭老先生問還在收杯子的空中小姐。

「還不知道，」小姐半傾著身子低聲說：「要等塔台通知。」

「可不能等太久啊，」坐他旁邊的黑臉老先生說：「我們這一團的人還要坐遊覽車回台中呢！」

「是啊，是啊，」他身旁的中年人說：「領行李檢查行李也差不多要一個小時呢！就算是準時降落，回到台中也快十二點囉！」

在舊金山上機後，我就注意到他們一群人胸前都別著草綠色的旅行團圓牌，約莫二十多人，只有八九個中年婦女，其他十多個男性則中老年各半，大概中年男性思想比較開放，才會帶太太一起出門旅行吧？有個戴珍珠項鍊的太太喊一個高瘦的老先生阿爸，喊她身邊的男人阿雄；看起來是夫妻倆帶著老人家出遊，想必是經濟較寬裕的人家。

「各位旅客，這是機長報告……。」

小姐收好化妝包。她的男友停止打鼾。機艙安靜無聲。

機長說，很抱歉，因爲跑道積水，飛機無法降落，中正機場即將關閉；「我們正在飛往琉球的途中，公司安排我們晚上住在琉球……。」

＊

「伊娘咧，要去奧奇那瓦呀？也沒先徵求我們的同意就要把我們載去？」禿頭老先生站起來，伸長脖子朝駕駛艙的方向望去：「敢是眞的咧？到底發生什麼代誌咧？」

「對啊，我坐飛機坐了二十幾年，什麼時陣下雨下到飛機不能降落？」前兩排一個穿西裝打領帶的中年人緊皺著眉頭說。看起來是個常出國的貿易商。「小姐，」他小心地問道：「前面是不是有發生什麼事？」

靠窗的男子立即對他的女友說：「劫機！」

「沒有啦，」空中小姐微笑著說：「眞的是雨太大了，跑道積水啦。」

「但是我明天早上十點約了外國客戶談事情的，」貿易商又說：「唉！怎麼會這樣？那筆訂單很大筆呢。」

「我們可以幫你打電話回家報平安啊。你家裡的人可以幫你跟對方改時間。」小姐說。

那時手機還不普遍，幾個空中小姐在走道殷勤穿梭，禮貌的，微笑的，對每一排的旅客說：

「請問，要打電話回家嗎？」

「阮厝又沒裝電話，」肥胖的中年婦人板著臉說。

「是啦，阮厝也沒裝電話啦！」幾個老人氣呼呼同聲說。

這時坐在最後排的導遊走過來了：「你們不要擔心，」他說：「以前我也被載去琉球住過。」

「眞的？也是因爲落大雨嗎？是什麼時陣的代誌？」

「眞的啊，大概七八年前吧？」

「哼，我看這次不是因爲落大雨。」婦人旁邊的光頭老人說。

「那不然你說是怎樣？」黑臉老人說：「前面好像靜靜的，不像是劫機啊！」

光頭老人輕聲的、咬牙切齒的說：「比劫機嚴重，我看啊，是政變！」

「哎喲，政變？你在說笑！你是說咱台灣發生政變？」

「是啊，要不然怎麼會不讓我們下飛機？還要把我們載去琉球？一定是機場被攻占了啦！現此時和以前不一樣啦！以前有蔣經國，誰人有那個膽？阿輝仔憨大呆，用那個國防部長做行政院長，不定是被他變過去，機場才關閉啦！」

「哎喲，那就害了了囉，那我們台灣要變怎樣啊！」

「不會啦，」導遊說：「阿伯，你們小聲一點，不要隨便亂講啊。」

「我這不是亂講啦，」光頭老人反而大聲的說：「我眞正是這樣懷疑的！心內眞正是驚得要死呀！」說完拍著胸脯強調道：「我又不是三歲嬰仔！」

禿頭老人一聽，緊張的又站了起來：「那我們要在琉球住多久啊？眞的只住一晚嗎？要是發生政變，說不定都不能回去了呢！」

這時小姐們已抄好電話號碼到前艙去了，導遊回答他說，眞的只住一晚，他卻瞪著導遊說：「你哪知道？」旁邊的人也跟著齊聲說：「對啊，你哪知道？」

導遊摸著鼻子苦笑，坐回去不說話了。

禿頭老人皺起眉頭說：「要是不能回去，要住在琉球那種沒親沒戚的所在，那還不如死去卡好！我的金孫今年考大學，快要放榜了，他常對我說，阿公，我考台大給你看，唉！我這世人青瞑牛就是等著金孫讀台大，假使不能回去，伊考上台大我也看不到，沒路用囉！」

戴珍珠項鍊的婦人受到感染，突然揚聲哭起來了：「阿雄，都是你這個死人啦，一定要我跟你們來美國玩，你看現在這樣，假使回不去，我們阿珠阿英阿勇以後誰照顧啊？」

「不會啦，不會回不去啦，明天就可以回去啦。」阿雄安慰著她，語氣卻顯得有點無奈。

「你又不會開飛機你怎樣知道？你又不是李登輝你怎樣知道？」婦人越說越哭得大聲了。

旁邊幾十個同團的人，一時都被她的哭聲震住，面面相覷，深深嘆氣，不知說什麼好，都陷入無奈的沉默中。聽到婦人的哭聲漸漸歇了，他們又開始七嘴八舌，說著他們的工廠，他們的田地，他們的股票，妻子，孩子，孫子……，越說越激動，也似乎越絕望了。

我闔起了《湖濱散記》，不免也想起了父母和孩子。這龐大的機艙裡，還有許多和我一樣未曾發聲的人，但是沒有聲音並不表示沒有恐懼啊。從來沒有碰過這樣的事，在暗夜裡，我們正被載往別人的國家，恐懼像是在我們體內鑽動的蠍子，不知正螫咬著多少人的肌肉和心肺！眞的只是跑道積水嗎？也許眞的發生了政變？在三萬五千呎的高空，在政變的恐懼中，我們生命裡的一切，一吋一吋的瀕臨瓦解，就要蕩然無存了。機艙裡只有焦躁，憤怒，絕望，以及滿含著驚恐的沉默。後來，從前面的商務艙，竟然幽幽的傳來了思啊，思想起……。不久，經濟艙裡也跟著思啊，思想起……。那憂傷的歌謠，緩慢的曲調，似乎注入了空中遊子的血脈，暫時的，溫柔的，安撫了他們驚悸的心靈。

＊

到達琉球機場，已經晚上十一點多。海關人員一個個睡眼惺忪，說是他們臨時從床上被叫起來，趕到機場來爲我們通關服務。誰想到第一次到琉球是在這樣的暗夜裡，沮喪，疲倦，以及沉在心底那仍然揮之不去的恐懼。出了機場，深夜的琉球像我們的心情一樣沉暗；就算陽光亮麗的白日，又有誰有心情欣賞琉球風景呢？第二天在旅館吃早餐，每個人都神思渙散，不停的打哈欠，也沒什麼胃口吃東西。

終於又上了飛機，滿臉倦容的遊子安靜落座，回家的希望像小小的火苗，在遊子的心裡燃起了火光。

「各位旅客，這是機長報告……。」

機長說，昨天晚上大家辛苦了，今天天氣很好，預計中午十二點半可以在桃園中正國際機場降落……。

機長一說完，機艙裡爆起了巨大的掌聲，有人吹口哨，有人不斷說著多謝啦多謝啦。那個阿雄笑得嘴都合不攏了，興奮的對他的妻子說：「妳看，我沒有說錯嘛，我不是跟妳說今天可以回家嗎？」他的妻依然戴著珍珠項鍊，疲倦的臉上浮著欣喜的笑容。但是那幾位擔心政變的老先生，似乎還存著幾許懷疑，絮絮不休的發表著他們的鄉村政論。我沒有再拿出

《湖濱散記》，靜靜的閉眼傾聽。那些鄉村政論，無非是軍人干政之類的道聽塗說，有些甚至離奇荒謬，像布袋戲台上的人偶囈語，充滿了想像的張力。我靜靜的聽著，興味十足的聽著那些戲劇性的對白，感受著他們年老的奇想，年老的活力，以及年老的愛戀。他們會有那些想像，懷疑，和恐懼，不正是因為對家園有著深沉的愛戀嗎？

「各位旅客，這是機長報告，我們即將抵達中正國際機場，請各位旅客繫好你的安全帶……。」

鄉村政論家停止議論。

機艙安靜無聲。

飛機開始降落。

耳膜緊繃。

機翼張開。

滑輪伸出。

引擎轟轟然像奏著雄壯的凱歌。

終於，滑輪觸到地面，跑道像張開懷抱的母親，準備擁抱遠行歸來的遊子。

歡呼和掌聲不斷的響徹整個機艙，一直持續到引擎完全靜止。

走下飛機，正午的陽光閃亮刺眼，許多人懷疑的四處張望，似乎在看機場有沒有軍人，戰車，或者大砲。許多人只是睜大了眼睛，努力搜尋著大雨的痕跡。發現跑道周遭的草坪閃著一灘一灘水光，安心的吐了一口氣，像遠足的孩子般興奮的叫嚷著：「啊，眞正有落過大雨呢！」

但是通關的時候，光頭老先生還是追根究柢的問道：「昨晚眞的有落大雨哦？」關員說：「是啊，昨晚落大雨，機場都關閉啦。」「啊，阿彌陀佛，」光頭老先生說：「萬幸萬幸，咱台灣沒有政變！」禿頭老人跟在他身後說：「你呀，就是愛黑白想，黑白講，把我們嚇得一粒心臟差一點點就破去！」

嘿嘿嘿，光頭老人領回護照，一路還嘿嘿的笑著。

二〇〇六年四月一日《鹽分地帶文學》雙月刊第三期

西螺追想曲

日統客運下了西螺交流道，我的血液就開始升溫。

自從父親去世，母親住在安養院，已經三年多沒回永定老家。回永定，一定要經過西螺。看到那些熟悉的西螺醬油招牌，丸莊醬油，瑞春醬油，大同醬油……，生命裡種種與西螺有關的記憶，總在腦海裡翻湧；而青年時代困擾過我的故鄉認同問題，也不免又浮上心頭。

妳是台灣哪裡人？

一九六四年七月，《皇冠》公布第一批基本作家十四名。《皇冠》是當時最暢銷的雜誌，而我年齡最小（十九歲），又是唯一的台灣人，有些未獲簽約的外省前輩作家，在文學活動場合初見，總是睨著眼問我：「妳是台灣哪裡人？」彷彿一個台灣人不能享有那樣的殊榮。

如果我說，雲林縣二崙鄉人，對方就一臉狐疑的問：二崙在哪裡？我說，在西螺隔壁啊，對方聽了往往茫然的哦一聲。如果我說，我是西螺人，接下來就是一聲驚呼：

「啊，妳是西螺人？西螺，好地方耶！」

於是他們說起西螺醬油，西螺大橋，西螺西瓜，西螺濁水米……，鮮明的意象似乎早已銘刻在他們的腦海裡。爲了避免尷尬，後來被問到哪裡人，我就只好簡略答道：「我是西螺人。」

從血緣來說，父親是二崙人，母親是西螺人，我算是半個西螺人。我讀的第一本故事書《林投姐》，是小學四年級時，母親帶我回娘家途中，在延平路的西螺書局買的。我看的第一部電影《金銀島》，是父親騎腳踏車從永定載我到東市場後面，觀音媽街堂姑家開的西螺戲院看的。從我有記憶開始，母親揹著妹妹帶我回西螺透路尾娘家的畫面就不斷的重複。從二崙永定村搭台西客運到西螺只要十分鐘。出了車站轉到「大通」（主要道路）延平路，走到街尾文昌國校也要十分鐘。轉入國校對面新興路，再走十分鐘才到透路尾；那裡是西螺鎭郊，周遭不是稻田就是菜園，景觀和永定差不多。

在延平路上，有我姑父開的樹德中醫診所，我胖胖的堂嬸婆開的回生堂婦產科診所，瘦瘦的堂嬸婆開的助產士診所；二崙鄉兩大地主之一的堂叔公，和他的三姨太也住在延平路的三層洋樓裡。但我最常去的是中央市場對面的樹德中醫診所。母親從娘家回永定之前，總要去中央市場添購蝦皮小魚乾海帶紅糖等等乾貨，我和妹妹就在那裡等她。姑媽總是從藥櫃裡抓一把甘草塞到我們手裡說：

「來，吃甘草，吃甜甜。」

在一切都還空蕩蕩，沒什麼零食吃的五〇年代，我慢慢嚼著甘草，看著擦口紅戴金鍊穿窄裙的婦女，從對面中央市場提著魚尾巴翹出來的菜籃走出來，又到隔壁布店挑看花花綠綠的衣料，問著一尺多少錢，然後來讓姑父把脈，拿幾帖中藥回去補身。那是與永定農村迥異的街市生活。

在那個生命初啓的窗口，我興味盎然的蒐尋著比永定富足的眾生圖。然後，越過永定，越過西螺，越過虎尾，在台北看到更富足更複雜也更殘酷的生命圖像，開始我的職業寫作生活。

許博允，吃德國豬腳淋一罄西螺醬油膏

一九七七年底進入新聞界工作後，我的經濟情況好轉，回永定探望父母，總要買幾瓶西螺醬油膏回台北送同事或文友。西螺醬油膏，一瓶大約半斤重，我坐客運車頂多只能提四瓶，一路上必須小心翼翼，唯恐碰撞打破。如果搭妹妹或弟弟的車回去，我就能一口氣買一打。但同事、文友不止一打，有時難免顧此失彼。如果同事含蓄的說：「妳什麼時候再回西

螺啊？」我就知道他家的醬油膏見底了。林海音先生則是一貫直爽的問道：「季季，妳好久沒有送妳們那個西螺醬油膏給我了！」——對於西螺人來說，聽到這樣的責備，也等於一種讚美。

後來傳統產業行銷現代化，有同事在台北一些超市買到西螺醬油膏，很興奮的對我說：「以後妳不用大老遠的從西螺拎到台北了，我們自己去買就好。」

一九八三年底，許博允的新象公司搬到敦化南路一段新學友大樓的十三樓，並把六百多坪的地下室闢為藝文中心，有展覽繪畫的藝廊及可供演出的小劇場；賴聲川的表坊，李國修的屏風，都是在那裡成立的。

但我要說的不是小劇場歷史，而是一個與西螺醬油膏有關的經典鏡頭。

愛吃懂吃的許博允，也在那裡開了一家絲路餐廳，親自規畫裝潢和菜單，見到朋友就熱情的說：「來啊，來絲路，不騙你，眞的很好吃，尤其是德國豬腳，一級棒！」

我和幾個新聞界朋友第一次去絲路，許博允自己就點了一客德國豬腳。怪的是豬腳端上桌，他匆匆跑去廚房，拎了一個瓶子出來。絲路光影爛漫，我以為那是一瓶酒。等瓶子拎上桌一看，咦，螺王？我說，許博允，這是我們西螺的醬油膏啊。（螺王是瑞春醬油廠的頂級醬油，當時一瓶二百元。）只見他一邊在德國豬腳上淋了一圈醬油膏，一邊不斷的點頭說，是，是，這個德國豬腳，淋上這個醬油膏，味道更好！

我二十歲就認識許博允，竟不知他這麼愛西螺醬油膏。他比我大半歲，我比阿肥（丘延亮）大三個月，我們三人是當年朋友圈的少數民族，共同點是不考大學。我是貧窮的職業作家，他們兩人卻是優游自在，跟著許常惠學作曲。阿肥是蔣緯國的小舅子，父親在中央信託局當儲運處長，家境優渥，衣食無虞。許博允家是淡水望族，他祖父許丙（一八九一—一九六三）日據時代曾擔任板橋林家花園總管，台灣總督府評議員，貴族院議士，富裕多金，喜歡戲劇音樂美食。許博允從小跟著祖父出入劇院、酒家；後來搞作曲，創新象，開絲路，都有祖父的基因。吃德國豬腳淋西螺醬油膏，這創意十足的鏡頭已成了我記憶裡的經典。西螺醬油很少做廣告，我當時問許博允什麼時候開始迷西螺醬油膏，他一派瀟灑的說：「從我祖父就開始啦。」

白樺，吃烤火雞也要沾西螺醬油膏

一九八八年秋天，要去愛荷華大學參加「國際寫作計畫」，想著要與二十年沒見的聶華苓重逢，要帶什麼禮物給她呢？想來想去，就是西螺醬油膏。從台北到愛荷華，必須在舊金山轉機到芝加哥，再轉到愛荷華首府希德拉匹斯，全程近三十小時。在舊金山轉機要等三個多小時，梁冬到機場來陪我聊天，看我手上提著兩瓶醬油膏，不禁露出懷疑的笑容說：「拎這麼遠的路，不嫌累呀，這東西眞有那麼好吃嗎？」次年我去舊金山參加美華科技人文協會年會，就拎了兩瓶去送他，讓他嘗嘗「這東西」的滋味。後來兩瓶醬油膏用完了，他在越洋電話裡說，他去賣中國食品的超市找了好幾次，「就是找不到你們那個好吃的西螺醬油膏！妳不曉得，我每次都只倒一點點，捨不得吃完哪！」

回頭來說西螺醬油膏遠征愛荷華的故事。那年有三十多個各國作家去參加「國際寫作計畫」；台灣是蕭颯與我，中國是白樺與北島。在愛荷華兩個多月，聶華苓常請我們去她家吃飯，每次她都倒一碟西螺醬油膏放在餐桌上，嘆息的說道：「季季他們這西螺醬油膏啊，沾什麼都好吃！」有一次吃烤火雞，她沒倒醬油膏出來，白樺似乎有點難為情的說：「聶大姊，那個，那個西螺醬油膏呢——」聶華苓大笑著說：「白樺，我看你已經中了西螺醬油膏的毒了，看你回上海以後怎麼辦！」白樺苦笑著說：「回上海以後，就只好戒毒啦。」然後他轉向我，嚴肅的問道：「說眞的，你們西螺怎麼做得出這麼好吃的醬油膏啊？」我說是純黑豆做的，而且西螺靠近濁水溪，水質好。白樺不以爲然的說：「我們也有黑豆啊，我們還有長江呢，難道水質會比你們濁水溪差？」聶華苓說：「哎呀，季季家又不開醬油廠，她哪知道那麼多？」

是啊，從小吃西螺醬油長大，那甘甜豐潤的滋味早已融爲味蕾的一部分，哪會去想白樺提出的這個問題。竟是在那異國的秋天，在聶華苓家的火雞大餐之後，我開始思想起讓白樺這個上海人上癮的西螺醬油膏，除了晶瑩的黑豆和濁水溪的好水，必然還有一些別的奧祕吧？那大概只有實地去西螺的醬油廠參訪，請教那些做了幾十年醬油的老師傅才知道吧。

二〇〇六年八月二日《中國時報》人間副刊

在這裡，在那裡！

——走訪噶瑪蘭公主的愛人

1.

這地球上的島嶼於我大多遙遠而神祕，只能從地圖裡看到它們的形狀，在書本裡讀到一些簡約或稍爲詳盡的文字解讀。浮緣此生，雖也曾踏訪台島周邊或遠方國度裡的島嶼，在腦海裡留下那裡的歷史，溫度，地貌，食物，人，以及各種動植物的特殊印象，然而行旅中的生命留駐往往像夢一般，短暫的耽溺之後返回生活原點，那些曾經清晰的影像，初始還隨著島嶼周遭的潮水在腦海翻湧，回味，隨著時光分秒流轉，幾次翻湧沖刷之後，新的記憶皺褶又是一番層層疊架，島嶼的形色竟而日漸淡薄，有些甚至依稀彷彿，終而渺不可尋。

然而龜山島，一座我未曾踏足的島嶼，影像卻始終那麼清晰，常在我的腦海裡昂首擺尾。一九六四年六月，《皇冠》發行人平鑫濤先生請皇冠基本作家到羅東和太平山遊玩。十九歲的我在雲林長大，從沒到過台灣東部，有幸和聶華苓、司馬桑敦、司馬中原、段彩華、瓊瑤等前輩同行自是十分興奮。火車進入宜蘭縣境不久，車廂裡就有人指著窗外說：「在那裡！龜山島在那裡！」——就在初見的剎那，那隻海中巨龜活蹦蹦躍入我的腦海，於今盤踞已逾四十年。

2.

那隻巨龜浮身頭城外海據說已有七千年。關於它的神話有幾個版本，我比較喜歡的，是說龍宮裡美麗的噶瑪蘭公主愛上了宮裡的龜將軍，龍王不知是嫌他窮或醜或笨，總之，龍王像天下嚴父以自己的法則禁止女兒和龜將軍相愛，年輕的他們也像天下戀人唯愛至上以私奔反抗威權。情侶必須私奔，過程難免艱辛曲折，有情人也未必終成眷屬。龜將軍雖然體態魁偉，氣宇昂然，無奈龜背厚重，步履遲緩，終被怒火攻心的龍王急追而至，引爆火山把他焚爲寸步難行的石頭！傷心的公主則逃到離他最近的岸邊，化身爲噶瑪蘭平原日夜守望愛人背影；伊的淚水鬱鬱蒼蒼滋潤平原大地，養育了一代代蘭陽子孫……。

而伊的愛人，頭朝東，尾朝西，安身於西太平洋暖流之中接納天地生靈，終而山林茂秀，蟲鳥群聚，周邊海域且是台灣三大漁場之一，自清末一八五三年間即有閩人來此定居。加拿大人馬偕博士一八八八年造訪這個神祕小島時，記錄當時島民已逾三百……。

一九七七年，中國文化革命結束次年，六百多島民移往頭城鎮大溪漁港定居，龜島被國防部劃爲軍事管制區，在其內開膛破肚，興建坑道和砲口，駐紮陸軍砲兵部隊。二〇〇〇年世紀交替世局丕變，軍事管制魔咒解除，龜島開放遊客登岸觀光。今年初秋時節，宜蘭的淑姐熱情相約，我終於也有了龜島初旅。淑姐非我姐，是她的名，不但年輕熱心，而且十分細心，早早就叮囑我們島上沒床鋪，一定要記得帶睡袋。彼時我還頗爲睡袋發愁。從新聞界退休前過了二十幾年日夜顚倒的生活，心情上雖有山水起伏，步履間卻少有閒情優游山野，這輩子還沒用過睡袋呢；若爲了一次行旅添購睡袋，似又有點浪費。幸而喜歡遊山玩水的四妹有個睡袋，她說多年前曾搭遊艇環遊龜島海域，她的睡袋可以隨我登島過夜，比她幸運多了。

九月十一日上午從頭城烏石港搭遊艇航向噶瑪蘭公主的愛人，距離雖僅十公里，航程倒有四十多分鐘，在海水翻湧浪花四射中，不免遙想當年一對情侶私奔該是如何驚濤駭浪險象環生。遊艇駛近那七千歲的島嶼，緩緩繞著它駛行半小時：林木蒼翠密布，眼鏡洞怪異幽深，鐘乳石參差峭立，方形砲口森冷詭譎……。行經龜首之時，但見其下磺氣噴湧，形成藍綠分明冷熱交融的陰陽海奇觀。那滾滾熱氣，彷彿來自龜將軍心臟深處，積壓七千年噗噗不絕，仍然在向龍王示威吶喊：在這裡，在這裡，我的心還是熱的！

3.

傍晚七點多在遊客中心吃過從頭城送來的美味晚餐，其實已經有點累了。大清早從台北出發，幾雙已顯倦怠的眼神微笑對望，亢奮的氣氛卻四周浮盪；有人打起了哈欠，但是沒人去打開睡袋。

「走，到外面看星星去！」

「對，這裡沒有污染，星星最亮！」

外面就是我們下午繞著它漫步兩個多小時的龜尾湖。湖水映著向晚微光，有如一面墨綠的鏡子，湖上的天空則是烏沉沉的，一個難掩失望的聲音說：「哇，怎麼沒有星星！」但是緊接著有人伸出手這裡那裡的指著說：「有啦，有啦，在那裡，在那裡！」於是好幾個人幾乎同時的驚叫著：「有啦有啦，看到了，看到了！……」

星星們藏在深厚的雲層背後。等我們的眼睛適應了周遭的黑暗，它們也一顆顆探出頭來，在那遙遠的天際和我們打起了招呼：在這裡，在這裡，我在這裡！……

微涼的風無聲的輕拂過來，一天的睏倦似乎也隨風飄走了。有人默默行走沉思，有人抽著菸繼續和星星打招呼。淑姐她們幾個年輕的小姐，隨興在湖邊的龜卵（礫石灘）上躺下來，數著星星，輕聲的唱起了歌謠。即使有人聊天，也都像那低吟的歌謠一般輕微，唯恐打擾了湖中的魚蝦林間的蟲鳥，以及日夜以潮水親吻噶瑪蘭公主的島嶼主人。

望著對岸的點點燈火，想著那是不是噶瑪蘭公主的眼睛？日落之後，沉睡之前，她是否必須幻化出更多的眼睛，才能清楚的看到她的愛人身影？

想著過去幾十年度過的夜晚，哪個晚上我曾在如此安靜的湖邊，瞭望著湖，瞭望著海，瞭望著遠處的燈火和星空？

想著下午的環湖步行，湖濱四處蔓延著海埔姜、山穀菜、濱豇豆、水丁香、馬鞍藤……，那裡原是昔日島民的居住之處，而今只能在「龜山島文物館」的泛黃圖片裡遙想當年。想著那些因著應戰而建的軍事坑道，陰暗而潮濕，其中幾條還殘留著巨大的鋼砲，牆壁上註明它們的名稱，砲彈威力，射擊距離；那些坑道和砲口，可都是在龜將軍的腹肚之內挖骨刨肉啊！但是它腹大能容，接納了生靈萬物，也接納了鋼鐵和槍砲。

想著環湖之後爬上毛柿步道，土坡陡峭難行，斜坡邊有一棵一百多年前即被馬偕博士記錄過的，島民尊稱爲「毛柿公」的老樹；據說初生嬰兒都要被抱到祂面前燒香祈福，請祂收爲義子加以護佑。來過島嶼多次的徐惠隆先生，在群樹圍繞間指點我們看那棵胸徑寬達八十公分的大樹：「仔細看哦，頂頭有幾顆已經轉紅了呢！」在墨綠交錯的光影中，我們抬起頭伸直脖子睜大眼睛，終於有人興奮的說：「有有，我看到一顆！在那裡，在那裡！」黃昏的夕色在數丈高的枝葉間閃爍，我終於也發現了幾顆成熟的毛柿，以無比嫵媚的誘人之姿俯視著吾等蒼生。那一顆顆毛柿，渾圓飽滿，橙紅表皮密布細毛，夕暉於細毛間灑下薄亮金光，彷彿是神祇爲它們特別妝點容顏。我低下頭來，合掌膜拜。有人則彎下腰來，在粗大的樹根與微濕的腐葉間尋覓：「看能不能找到一顆熟透了掉下來的！」——除了龜島子民，有誰能領受那神祇妝點的果實？如果眞能尋到一顆，想必是得到神祇的特別眷顧與祝福吧？

想著想著……，夜漸深，星星更密而四野更沉寂了。明天清晨要登四〇一高地，我終於也難掩倦意，回到遊客中心打開了睡袋。

4.

通往四〇一高地的步道入口有個粗壯的圓木桶，桶邊刻了四個字：打草驚蛇。滿滿一木桶的細竹棍，每支長約一百公分。

「啊，太好了。」同行的友人幾乎異口同聲的歡叫一聲。

「對啊，不止可以打草驚蛇，還可以當拐杖呢。」

雖然還未到必須拄杖的年紀，但平常四體不勤，甚至也不常爬樓梯，如今要沿著龜背爬至海拔四〇一公尺之處，體力和腿力都面臨考驗。這條二〇〇二年二月鋪設的步道，石板寬敞厚實，台階間距合宜，舉足落足不覺艱難，有了竹棍支撐前導，彷彿多了一隻腳，行進起來輕快多了。

步道兩側林木幽深，初昇的太陽從葉緣縫隙亮出點點微光，芬多精的芳香不容拒絕的一絲絲鑽入肺腑。睡袋裡一夜好眠，吃了飯糰豆奶早餐，初始的爬行確實愉悅而有力。雖然分不清此起彼落的喘息，卻聽得清沿途的嘹喨歌聲和驚喜的應答：「啊呀，這棵牛奶榕長得好奇怪哦！」「你看那個姑婆芋，果子好大好紅啊！」「哎喲，那些鳳梨怎麼長得那麼高？」「哎呀，那不是鳳梨，是林投啦，年輕人都不認識林投啦，以前有個林投姐的故事很有名，你們大概也不知道吧？」

……

漸漸的，歌聲消失，驚叫消失，一階階傳來的喘息聲似乎越來越急促了。越過了金字標明的三百階，背後傳來一聲年輕小姐的歡呼：「啊，還有一百多階就到了呀！」另一個聲音說：「還早啦，先別高興。」——原來她以為全程只有四〇一個石階呢。

從龜尾湖畔平坦之處開始，順著龜背一階階往上，必須登完一千七百零六階才到達頂端的四〇一高地。過了三百階，腰腿漸感沉重，內裡的薄衣濕了，額上汗水繼續滾落於龜背之上。但是，身體似乎變輕了，在凡塵都會積累的濁氣，一滴滴隨著汗水釋放，釋放，一種鬆弛、飛躍的感覺從內心深處上升，上升。吸氣，吐氣，出汗；步行，爬行，修行，這龜背上的每一步，不是健行比賽，而是自我修鍊，必須堅忍而行。於是學著龜將軍緩慢舉步，腿痠了就停下來，觀賞四周的樹木花草。那些識其名或不識其名的植物，形色品類各異，有的謙卑匍伏於地，有的昂然高聳向天，它們與龜背相伴也許近百年或幾十年了吧，我與它們卻是今生初會，每一照面都是值得珍惜的因緣。

5.

修鍊二小時，近九點時終於在幾位前行者之後抵達四〇一高地。回頭一望，背後還有七八個修行者喘息著跟上來。

「快來看龜尾，這裡看最清楚！」登上瞭望台的前行者說。

「看龜首也很清楚啊！」另一個前行者說。

「在這裡看哪裡都嘛很清楚！」還有一個前行者下了結論。

四〇一高地是在海拔三百九十八公尺處搭建一座三公尺高的雙層迷彩瞭望台，登上頂層果然四野開闊，泱泱海面波光粼粼，漁船過處浪花翻湧，氣象萬千盡收眼底。站在朝西的方向往下望，龜尾湖彷彿一面小小的明鏡，龜尾則如一支巨大而細長的鐵鉤蜿蜒入海，在潮水中與浪花戲耍。徐惠隆先生說，颱風季節風強雨驟，龜尾有時會被大浪沖斷，「但是嘸免煩惱，過一陣它就會自己接好。」八月中旬聖帕颱風時，聽說龜尾又斷成好幾節，「現在好像又漸漸接起來了，等它全部接好，那尾溜還會不時左擺右擺，有時一高興還會翹起來呢！」

我看著那細細的尾溜，一時彷彿被潮水淹沒，一時又浮出來隨著潮水左擺右擺，彷彿在和噶瑪蘭公主玩著捉迷藏的遊戲。那豈不是龜將軍在向噶瑪蘭公主說：「在這裡，我還在這裡！」

望向潮水的彼岸，一列火車正沿著平原向北而行。噶瑪蘭公主雲煙繚繞，身影依然古典優雅，彷彿也在向伊的愛人說：「在這裡，我還在這裡！」

二〇〇七年十一月二十八日《中國時報》人間副刊

中斷的戲碼

1.

書房的窗台有幾盆花。橘色君子蘭已開過，肥厚的墨綠葉片一逕挺拔如劍。兩盆紫花翠蘆莉從四月開始綻放，每天二三十朵婉約款擺。四盆松葉牡丹最是多情，粉紅金黃百朵競艷，長年繽紛不絕。還有一盆綠底粉紅斑紋的彩葉芋則最嫵媚也最長壽，是二十年前參觀張大千紀念館撿回來的。以前所見的彩葉芋，大多是俗艷的暗紅底墨綠斑紋，那次見到一叢淡雅的青綠底，粉紅斑紋如蝴蝶羽翼透明閃亮，角落的垃圾堆中恰有一粒已冒兩片葉的球根，喜孜孜撿回來種植，十多年裡隨我搬了一次家並分株換盆多次，仍然生氣飽滿芳華不減。我在書桌前工作時，身旁就是這些生機盎然的花與葉，眼睛疲累之時即側過臉從它們身上獲取供養。

我的書桌是L形，面向書牆的一排較短，放著電腦印表機傳真機筆筒等用具，與窗台並列的一排則較長，堆疊著一落落資料和筆記。七月溽暑季節，一隻米黃色桌扇矗立資料堆中，呼呼轉動正在爲我吹送另一種供養，使我免於悶熱浮躁。十年前改裝客廳陽台時我即放棄了冷氣，保留陽台和餐廳的窗子南北對望，太過悶熱時則以電扇讓涼風徐徐對話。書房的冷氣雖然保留著，近兩年夏天也常讓它靜止無聲。每天起床後，第一個儀式是敞開窗子，讓一縷縷穿過山巔溪谷陽光樹木花草的新鮮空氣鑽入肺脈，醒我的腦，淨我的心，振我的氣。陽光更烈之後，身上漸有汗水滲出，我才啓動那小小桌扇，讓它陪著我在電腦裡南北奔波。

那隻桌扇高不及一尺，直徑也僅十五公分，是二十多年前還住永和時在福和橋下傳統市場買的。賣電扇的攤販很年輕，臉上的汗水映著陽光，瘦瘦黑黑的蹲在路邊高喊著：「一百元，一百元，一隻一百元！」通常所見的電扇，大多頭大如臉盆，可以左右旋轉全家共享，還沒看過那樣適於孤獨者使用的小電扇呢。他接過一百元時不住的向我道謝，彷彿我做了一件善事。回到家後，很興奮的向孩子們展示那隻電扇；「好可愛，才一百元呢！」他們卻露出狐疑的表情說：「哎喲，那麼小，給誰吹啊？」我理直氣壯答道：「我自己吹啊。」

那隻「台灣華南鋁業公司」出品的「圓圓型桌扇」，此後就在書桌邊陪我看書寫稿，忽忽已經二十多年。雖然不是知名廠牌，塑膠蓋子也因氧化而脆裂，但是馬達和三片風扇始終完好無損。每當它賣力的爲我送來款款涼風，想起一百元的小小電扇竟能歷經二十多年而力道未減，心裡就對那時大量興起的中小企業，以及蹲在路邊那瘦瘦黑黑的身影，充滿了綿綿的尊敬，愛，以及感動。

2.

哦，就在我又沉浸於那尊敬，愛，以及感動的涼風之時，電話響了。

一聲，兩聲，三聲，關了電扇從書房走到客廳，正好是第七聲。瞄了一下客廳的鐘，九點三十五分；有誰這麼早打電話來呢？

「請問妳是李小姐嗎？我們這裡是戶政事務所，我姓丁。」——一個尖細的女聲傳來有點急促的聲音。

「是的，有什麼事嗎？」

「哦，我們是電腦建檔課，正在檢查還有誰沒換新的身分證——」

「我今年三月就換過了呀——」

「但是我們發現妳的身分證好像有問題，現在電腦檔案裡有兩個同名同姓的登記。我現在打電話來，就是要再確認妳的個人資料——」

於是她仔細的逐一核對我的名字，身分證字號，戶籍地址。「奇怪，連身分證字號也一樣，」丁小姐喃喃說道：「她去年六月就換身分證了，妳今年三月才換，看起來好像是重複申請哦。」

「那就奇怪了，」我有點生氣的說：「如果是重複申請，我去辦理手續時承辦人員怎麼沒發現？」

「啊李小姐，這妳不能怪他們啦，」丁小姐溫柔的說：「因爲櫃檯作業和我們電腦建檔課是分開的，不過，妳的戶籍地址在北投區，她的在三重市，妳是不是有把妳的身分證借給別人辦理抵押貸款？」我說沒有。她說，那有沒有在大賣場之類的地方辦理會員卡？當然有啊，大賣場東西便宜嘛。「那說不定妳的資料被轉賣給歹徒了，如果歹徒以妳的資料去僞造身分證，再去向地下錢莊借錢，後果就不堪設想了。」我哦了一聲，一時不知如何接口。

「李小姐妳不要焦急，」她繼續溫柔的說：「我會把妳的個案轉報給全國查罪中心，如果有問題，他們那邊會立刻和妳聯絡的……。」

3.

掛了電話回書房繼續寫稿。但是字有時僵在鍵盤裡，有時則句不成句，段不成段，腦袋和螢幕都在跑野馬的狀態。如果資料遭變賣，又被僞造身分證去地下錢莊借貸，那些人可都是黑道啊……。

心神恍惚之際，「全國查罪中心」果真來了電話，陳先生說他已根據戶政事務所丁小姐通報的資料查證清楚：「妳的身分證在去年七月被一位叫作林明章的歹徒拿去玉山銀行開戶，作爲洗錢的戶頭，去年十月底警方在台中市五權路破獲一個洗錢集團，起出一百張僞造的身分證，其中一張就是妳的，他們說是一張五萬元買的。不過妳放心，這些歹徒已經被起訴了。」

「哦——」既然已經被起訴，那就沒我的事了。

「不過李小姐，這個案子還沒有結案，檢察官還在追查，妳必須提供一些個人資料給檢察官，證明妳和那件案子確實無關。」

「哪一方面的資料呢？」我說。

「就是個人的財產資料，」他說：「我這裡有檢察官的執行命令，妳看了就明白了，妳家有傳眞機嗎？」

五分鐘之後，一紙「台中地方法院行政凍結管收執行命令」最速件躺在傳眞機裡；受文者是我的名字，說明主旨則有三項：

一、受凍結管收人因開立玉山銀行人頭帳戶，涉及非法洗錢一案。

二、本處九十六年度金執字第215852到215054號，受管收人涉及防治洗錢執行事件，受管收人應於主旨備齊所有財產資料（含土地、房屋、汽車、存款、投資、薪資所得等）接受調查說明財產狀況並予以凍結管收。

三、依據金融法第三十九條、第三項第三款、第六款及第七款之規定，經合法通知無正當理由而不到場，不爲配合者本處將下令強制到案（含限制出境、發布通緝）並得向法院申請拘提管收。

末尾署名是主任檢察官汪文和．處長莊維國；最後並附一行小字：「相關單位：法務部金融犯罪調查科」。

剛剛看完，陳先生的電話又來了。他安慰我說，只要照規定提供資料，經檢察官查核屬實就可還我清白，不會有罪的。我說名下只有一幢房子，沒有土地、汽車、投資等等資料，他說：「那沒關係，最簡單的是提供銀行資料，越詳細對妳越有利，妳平常往來的銀行有幾家？」

說到銀行等等和數字有關的事我就腦袋發昏，支支吾吾說不清楚。他說：「妳不要焦急，把存摺拿出來看就一目了然了嘛。」我說必須找一找，請他把名字和電話留給我，等一下再回報給他。他朗聲答道：「我叫陳智民啦，但是電話不能說哦，前不久有個警察局的電話號碼外洩，結果被歹徒拿去利用，妳沒看到那個社會新聞嗎？這樣好了，我過半小時再打來給妳。」

4.

那個不能外洩的電話似一道靈光，讓我霎時開了眼看到一齣戲正在空中演出。爲了演得逼眞，我專心的找出所有的銀行存摺仔細翻閱。大部分存摺其實已完成階段性任務，剪了角打了洞作廢，細讀那些加加減減的數字，倒也讓我回想了曾經努力過的心血和付出。

半小時後，陳先生要我把每本存摺的第一筆數字和最後一筆數字說清楚；「檢察官根據我們提供的資料加以比對，就知道妳有沒有在洗錢。」我唸出的結存金額最多只有二千多元，他換了嚴肅的口氣質問道：「李小姐，妳是不是還隱藏著其他銀行的帳戶？這樣資料不實，檢察官是沒辦法幫妳證明清白的！」我坦然招認還有兩本存摺，但因兩年沒刷不知結存金額。他換了同情的語氣說：「哦，李小姐，妳眞的很忙哦，那麼久沒去刷！但是這樣妳最後一筆數字就不準確了呀，而且，歹徒既然僞造了妳的身分證，說不定也會去盜領妳的存款哦，我建議妳趕快去刷一下比較安全。」

那時已近中午，我說如果出去刷存摺順便吃個飯要一個多小時才回來，他說沒關係，下午一點半過後再打來。

然而，我沒有出去。

爲了證實一齣戲尚在演出之中，我喝了一杯茶，打給那兩家很久沒刷的銀行。其中一家是我常以金融卡提款的薪資帳戶，銀行小姐與我核對最近提領的餘額，證實未遭盜領。另外那家是我以前的薪資帳戶，銀行小姐說因已超過一年沒有交易，早在一年前就被列爲禁止戶，「必須妳本人帶存摺身分證圖章來才能辦解禁手續。」

然後我煮了一碗雜菜麵，慢條斯理配著報紙吃完。

一點五十分，電話來了：「李大姊，我是智民啦，」他的語氣像老朋友一般親切，「妳去刷過回來了？」

「是啊。」我把被列入禁止戶的事告訴他。

「兩家都是禁止戶啊？」他的驚愕似在爲我惋惜：「那妳應該辦解禁手續呀！」

我順著他的話說：「是啊，兩家都被禁了呀，剛才匆忙出去忘了帶圖章，不能辦解禁手續呀。」

「哦——那妳等一下還是要去辦啊，」他熱心的再一次建議：「不然妳怎樣向檢察官提供詳細的資料呢？」

我告訴他，等一下水電行的人要來修水管，修好說不定天黑了，所以，我大聲的說：「我明天才能去辦！」

「智民」似乎被我的聲音驚醒了，從電話那頭傳來悵然的嘆息：「哦——！好好，那——，李大姊，再見！」

5.

如果配合著「智民」說出兩本存摺的金額，下一步將會如何呢？但我已經疲憊而且厭倦，不想走到更尖銳的，得與失瞬間對立的下一步。演了三個多小時的戲，他一步步試圖欺詐我的金錢，我一步步試鍊他的智慧，人性兩相拔河的結果，他一無所獲，我也浪費了一天之中最清明的寫作時光。

回到電腦前打開桌扇，想在涼風裡平靜心情再寫作，腦海裡浮起的卻是蹲在路邊賣電扇那個黑黑瘦瘦的年輕人身影。過了二十多年，那看似笨拙的勤勞堅忍的年輕人到哪裡去了？如今，有多少年輕人成了「智民」，每天藏在冷氣房裡演著試鍊人性與貪欲的空中之戲？

戲碼已經中斷，在電腦之前，我仍陷於句不成句，段不成段，腦袋與螢幕都在跑野馬的狀態。

二〇〇八年二月十九日《聯合報》副刊

山水本多情，寂寞身後名

——閩、粵行旅三思

1.如果是我，我做得到嗎？

初秋微涼的季節，意外有個福建、廣東的旅程，與婦協文友丘秀芷、陳若曦、李昂等人啓程跨海，去梅州、上杭、潮州、汕頭、蕉嶺、廣州等地，尋訪抗日志士丘逢甲創辦的幾個學堂遺址，也在蕉嶺城鄉走訪他與另兩位抗日烈士羅福星、謝晉元的故居，重溫他們至勇至性、熱血澎湃的史跡。十月十八至二十六日的九天旅程裡，也曾挪出一天去我祖先的家鄉永定縣看土樓，在「李氏大宗祠」祭拜先祖火德公。但在蕉嶺縣參訪三位烈士居於斯或生於斯的故居，感觸最是良深。

近百年的歲月流變，他們的故居大多容顏衰老，有的牆面沉黯斑剝，有的屋頂傾頹破敗，緊閉的門扉裡，深鎖著有待重新檢視的歷史。然而屋宇周遭的景觀，山色蒼蒼，草色青青，田野一片金黃，正是秋來收割的季節。沒有巨獸一般轟然吼叫的割稻機，男女各安其分以鐮刀彎腰割稻，手持稻穗在打穀機上打稻，在路邊庭前鋪曬黃金一般的稻粒。新鮮的稻草香，瀰漫在四野的大氣之中。從小在雲林縣二崙鄉永定農村生長的我，記得收穫的喜悅不止於黃金一般的稻粒，也包含了那不斷鑽入鼻孔，竄至腦際，流遍丹田與血脈的，那讓人精神爲之振奮的稻草香。

沒有參與收割的婦女們，有的閒坐家門前縫補，摘菜，有的抱著幼兒聊天。孩童與狗在她們身邊奔逐嬉戲。屋旁的果樹下，紅雞和白雞昂首漫步，垂頸啄食。屋前的池塘裡，白鵝與黑鴨悠閒浮游，戲水自樂。田園詩一般寧靜的農村，幾十年前或近百年前，應該也是這樣安然的景象吧？但是爲了抗日，烈士遠離了寧靜，遠離了家鄉，遠離了骨肉至親的父母、伴侶、兒女，甚至最後捨棄肉身，遠離了生命！

聽著他們獻身的故事，點點滴滴的感慨不斷入懷，一組簡單的對話也陸陸續續在我心底迴響。

「如果是我，我做得到嗎？」——我這樣問自己。

「妳做不到，因爲妳是女人。」——另一個我這樣回答。

「但是，如果我不是女人呢？」——我又這樣問自己。

「你也未必做得到，因爲你不夠勇敢。」——另一個我又這樣回答。

是啊，勇敢。沒有勇敢，怎能做得烈士？

勇敢這兩個字，我從小就不陌生。但是眞的，我不夠勇敢！我的熱血也僅止於對一些不公平的現實說出忿懣，遠不足於決然的爲國家獻出生命。幼年的時候，害怕打預防針，躲躲藏藏哽咽之際，父親一把捲起我的袖子：「要卡勇敢咧，不許哭！」小學和隔壁班躲避球比賽，老師賽前精神喊話：「要勇敢哦，看準準給他打過去！」中學參加演講比賽，老師也賽前打氣：「沉著點兒，不要怕，勇敢走上台！」長大成人後，遇到一些可大可小的生活挫折，有時難免意氣消沉，長輩或摯友總會勸慰著說：「看開點，勇敢的活下去！」……

從小到大的家庭教育與學校教育裡，有關「勇敢」的教育，大多是爲了「我」。成年後的自我教育裡，頂多也只是期許自己做一個勇敢活下去的人罷了！那麼，能夠以大勇大智做一個反抗者，終而獻身成爲一個烈士，必是與生俱來就有一種常人所無的英雄基因，以及一種大氣磅礴的自我覺醒吧？

2.以鎔鑄之名站在歷史的高處

不一樣的人，不一樣的年代，不一樣的場景，反抗者與烈士都有相似的睿智與勇氣。流盡了自己的熱血，流盡了親人的熱淚，烈士們以鎔鑄之名站在歷史的高處，讓我們憑弔，仰望，並且自嘆不如。

一八九五年四月，丘逢甲反對清廷割台，組織全台義勇軍，五月推台灣巡撫唐景崧爲總統，合創「台灣民主國」，力抗日軍據台。然而寡不敵眾，功敗垂成；「徒死何益」，終而含淚辭台。啓程之前，悵然書寫〈離台詩〉，其中最有名的是「宰相有權能割地，孤臣無力可回天，扁舟去做鴟夷子，回首河山意黯然。」一九一二年二月，丘逢甲積勞成疾，在廣東祖籍蕉嶺縣淡定村（現改名逢甲村）病逝，得年僅四十九歲。

一九一三年十二月，羅福星因苗栗抗日事件在淡水被捕。獄中多次遭日警拷打，卻都嚴辭拒招。他相貌俊秀，豪邁倜儻，獄中日記竟有如下之句：「因爲有家產，妻子和兩個孩子無需擔心，在上海的情人游金鸞令人掛心。」流露了反抗者內心深處的柔情心事。次年三月，他與同志近二十人被判絞刑，《台灣總督府誌》記載他們：「從容上絞刑台，雖爲匪徒，亦可見其氣魄之不凡。」走上刑台之前，羅福星疾寫遺書：「不死於家，永爲子孫紀念；而死於台灣，永爲台民紀念耳！」絞首之日，年方二十八歲。

一九三七年八月，日軍進攻上海閘北，黃埔軍校第四期的謝晉元，在激烈的淞滬戰役中率領八百壯士死守四行倉庫；誓言「餘一槍一彈決與倭寇周旋到底」。一九三九年嚴拒汪僞政府招降，在英租界「孤軍營」中預立遺囑寄父母，並手書「志士仁人無求生以害仁，有殺身以成仁。」之句明志。一九四一年四月，日軍收買「孤軍營」中四名叛軍，聯手刺死謝晉元。成仁之日，年方三十七歲。

在中國近代史上，爲了抗日獻出熱血與肉身的烈士何止他們三人！從一八九五年馬關條約割台，到一九三七年盧溝橋事變；從台灣，到大陸，近百年中的抗日烈士前仆後繼，故事總是摻著鮮血、哀嚎與熱淚，何其慘烈又何其讓人神傷！今年是抗戰勝利六十周年，吾輩小民有緣走訪三位烈士的故居，緣於丘逢甲是丘秀芷的叔公，而丘逢甲在福建上杭創辦的「丘祠師範傳習所」，十月二十日屆滿百年；海內外丘氏宗親在上杭舉行慶祝研討會，秀芷邀我們前去共享盛會。

「丘祠師範傳習所一百周年」慶祝活動爲期三天，由曾任上杭縣副縣長的丘細妹負責統籌。丘細妹是典型的客家婦女，壯碩熱情，精力旺盛，自公職退休後即全心投入丘氏源流研究及族譜編修。我在上杭縣圖書館「客家族譜館」翻閱「李氏大宗祠」出版的李氏族譜，上下兩冊合計一千多頁，她帶動編修的丘氏族譜，費時三年完成，十六開銅版紙精裝，一冊竟達二千多頁！

丘細妹不止熱情勤勞，而且心思敏捷，細膩過人。歡迎我們的第一頓晚餐，首先端上桌的是個褐色圓木桶，高二十公分直徑十公分，桶側以紅紙書寫「五穀豐登」，桶內放著蒸熟的地瓜、淮山、芋頭、玉米、板栗；紅白紫金墨，五色分明，層次井然。無需動用刀筷，也無需任何醬料，舉手入口，每一口都是原始的鮮香與甘甜！由這道自然簡樸的「五穀豐登」開始，陸續上桌的菜色精美而不奢華，包括竹笙石蝀燉湯等客家山菜，都是我們少見甚至從沒吃過的美味。細妹心細，果然人如其名。

3. 寂寞英雄身後名

廣東蕉嶺縣的烈士故居，羅福星、謝晉元的後人都已他遷，屋門深鎖，無人管理。不過謝晉元故居前的紀念館寬敞明亮，史料齊整，總算彌補了缺憾。丘逢甲故居因尚有後人居住，管理維護較爲完善。這座前低後高的客家圍龍屋，氣宇恢弘典雅，是丘逢甲辭台返蕉嶺後所建，面朝台灣，取名「培遠堂」。或許因著「台灣民主國」事敗之痛，他以其號「蟄仙」將左屋定名「蟄庵」，右屋則取名「潛齋」，用以表明沉潛激情，不再參與政治。那一年丘逢甲三十二歲，爲「培遠堂」所寫門聯「栽培後進，遠繼先芬」，明示他將繼續投入在台灣時即曾大力推動的教育志業。後來的十餘年中，他奔波於廣東、福建各城鄉，創辦了如今遺跡尚存的上杭丘祠師範傳習所，蕉嶺桂嶺書院，潮州韓山書院，汕頭同文堂書院，廣州萬木草堂等一百多所學堂，以新思想啓蒙清末學生，栽培了許多革命新青年。

一個失敗了的抗日志士，也許也是一個寂寞英雄。但他保全性命，延續青年時代志向，成爲一個成功的教育家。門生後人，感念他的貢獻，在台灣有逢甲路與逢甲大學，在蕉嶺縣有逢甲路還有逢甲村與逢甲大橋。在教育的路途上，一代代與青年學子偕行，教育家丘逢甲是不會寂寞的。

如今的「培遠堂」，常有景仰丘逢甲的遊客學子參訪，據說每年超過十萬人。廳中的「丘逢甲陳列室」，展示其生平事蹟年表，遺物及相關史料；其中以〈春愁〉一詩的手跡最爲聞名。丘逢甲自幼即富文采，十四歲在台應試獲全台首名，享有「東寧才子」之譽。其詩文辭簡約，意象凝鍊，至今詩名不衰。一八九六年，住進「培遠堂」新居，他即寫了那首近百年來常被海內外華人吟詠傳唱的名詩：「春愁難遣強看山，往事驚心淚欲潸，四百萬人同一哭，去年今日割台灣。」但在「培遠堂」中最吸引我的，是他在中廳所書的對聯：「西枕廬峰，東朝玉筆，山水本多情，耕讀漁樵俱適意；南騰天馬，北渡仙橋，林泉皆勝境，用藏出處盡隨心。」情辭典雅，意境悠遠，兼具形象與意象之美。經過百年，讀來仍然情意生動，直觸人心。好的文學作品，本就如此超越時空。寂寞英雄身後名，在文學的路途上，詩人丘逢甲也是不會寂寞的。

二〇〇五年十二月三十日《自由時報》副刊

馬英九的紅包

看到這個題目，想必不少人覺得驚訝：不是都說馬英九清廉嗎，他怎麼會收紅包？但也可能有人逆向思考：是誰收了馬英九的紅包？

紅包有各種物質層次和情感意涵，常常呈現熱鬧歡悅的喜劇。紅包也可能沉淪到罪惡與罪犯的深淵，呈現人性貪欲的悲劇。在講究禮數的東方社會，每天不知有多少個紅包在穿越不同時空，從這裡到那裡，從這雙手到另一雙手。一個人如果從來沒送過紅包也沒收過紅包，那個人的生命是無情無味的。因爲每一個紅包的背後，都隱藏著一個「情的故事」。我聽過不少別人的紅包故事，我自己也有一些記憶深刻的紅包故事，這裡的兩個，是馬英九的故事。

＊

美國著名的短篇小說家S．安德森，出生於貧困家庭，十四歲就離開學校，到處打工。後來積了些錢，開了一家小型的油漆廠，自任經理。四十歲那年，有一天他突然丟下他的工廠、他的家，帶著簡便的行李和不到十塊美金的現款，從故鄉俄亥俄跑到克利夫蘭，替廣告社撰稿，開始寫小說；那年就出版了第一部小說集《麥克斐遜之子》。安德森的每篇小說，都是「靈魂的探究」，他獨創的小說風格，對後來的佛克納、海明威，都有很大的影響。

中國時報系的董事長余紀忠先生，四十歲那年立志辦報，創設了《中國時報》的前身《徵信新聞》，據說全部員工不足三十人，有時余先生還親自騎腳踏車送報。經過四十年的努力，如今《中國時報》成爲台灣第一大報，報系員工超過五千人。

四十歲，曾經扭轉了歷史上、現代史上許多人的一生，使他們以圓熟的智慧、堅忍的毅力，爲時代締造各種深具影響力的貢獻。基於這個認知，今年適逢《中國時報》創報四十周年，「人間」副刊乃策劃了「四十歲的心情」專欄，邀請各界菁英四十人，抒發他們的四十歲經驗、看法或心得，於七月三十一日開始刊登，獲得許多讀者的共鳴。

上面的幾段話，引自我爲《四十歲的心情》所寫的書序〈閱讀《四十歲的心情》的心情〉，發表於一九九〇年九月二十九日「人間」副刊；十月二日即是《中國時報》四十周年紀念日，當時我是「人間」主編。

「四十歲的心情」專欄推出之前，我與「人間」編輯同仁擬了一份當時年齡四十歲左右的各界菁英名單，開始分頭邀稿。在四十個菁英名單裡，只有六個人那年恰好四十歲；除了擔任行政院研考會主委的馬英九，還有人類學家胡台麗，攝影家阮義忠，「勞動黨」主席羅美文，散文家阿盛，民進黨中央評議委員暨台灣人權促進會總幹事陳菊。

＊

邀稿是一門精細的功課，有時寫幾封信或打多少個電話也未必能竟其功。譬如我向馬英九邀稿，起先也是遭到婉拒的。那年七月上旬我打電話去他家，說出我的名字之後，竟聽到他說：「我是看妳的小說長大的耶。」我心裡暗自想著我有那麼老了嗎？也暗自做了一下算術和回顧：其實我只比馬英九年長六歲，但因十九歲即來台北做職業作家，青年期的確發表了不少小說，那時馬英九還是中學生，他那句話似非言過其實。他也許想到那句話有點唐突，立即進一步解釋說，他讀建中時是朱橋主編的《幼獅文藝》的忠實讀者，「眞的在幼獅看過妳好幾篇小說。」我釋然的說，多年忙於編務，已經好久沒寫小說了：「現在打電話來也是編務，是來請你寫稿的。」

我說了邀寫「四十歲的心情」緣由後，他委婉的說，過幾天就要出國，最近工作比較忙，「恐怕沒空寫哦，對不起啊。」我問他去哪裡，他說去美國加州參加「浩然研習營」。

不過他又說，很巧合的，七月十三日四十歲生日的下午，正好輪到他報告「台灣的政治改革」，由盧修一與劉興善兩位立委講評。我說，那出國回來再寫啊，把這一段也寫進去，他仍然沒有應允，謙稱文筆不好，「人間副刊名家那麼多，我怎麼好意思在那裡寫稿啊？」

七月三十一日，「四十歲的心情」開始登場，第一天推出歌仔戲天王楊麗花〈一個廣闊的人生高原〉，人權醫師陳永興〈反省與告白〉，木刻家吳榮賜〈不認輸的意志〉；八月一日推出東海生物系教授林俊義〈爲大學說幾句話〉。那時馬英九已返台，我又打電話給他。他說已看過他們四人的文章，「看了很感動，台灣同胞眞的都很有心，也都很努力！」我說，「你也一樣啊，而且你今年正好四十歲，更應該寫。」他仍然說剛回來比較忙，「讓我再想一想好不好？」

我很少在別人上班的時間打電話邀稿，向馬英九邀稿也都在晚上九點多，他下班吃過晚飯之後。過了一周再打去，他說，已經開始構想，但是，「很怕寫不好讓妳失望啊。」又過了一周，他說，已經開始寫，因爲公務繁忙，只能吃過晚飯後在家寫，進度很慢，「再給我幾天時間好不好？」

九月初，馬英九的稿子〈反哺的一代——四十感懷〉寄達「人間」辦公室。六百字稿紙，白底綠格子，字跡工整，方正有形，而且語氣誠懇，理念清晰，字句簡潔。就一個文學編輯而言，收到一篇好不容易約到的文稿，也像是收到一個情意深重的紅包，當晚即打電話去道謝。「你提到雲林縣台西鄉那段讓我好感動，」我說：「我也是雲林縣人，但我家在二崙鄉。」我還告訴他，余紀忠先生曾在社內會議時告誡「人間」同仁，副刊內容不可陳義過高；「要讓雲林斗六人都能看懂。」——可見雲林縣也是辦報的重要指標啊。他聽完笑著說，「希望我那篇，大家都能看懂。」

九月十一日，馬英九〈反哺的一代——四十感懷〉在「人間」副刊發表。開頭兩段由個人的年齡與體能說起：

三月二十八日我參加一個青年節慶祝會，會中被問到年齡，才驚覺這是我青年時代最後一個青年節了！因爲照「十大傑出青年」的選拔標準，四十歲是青年期的上限。告別青年時代，固然有近「關」情怯的悵然，但也不無減輕年齡（太輕）壓力、邁向成熟的喜悅。此外，我迄今「視」不茫茫，「髮」亦未蒼蒼，齒牙更固若磐石，每天在平均十三小時工作量的壓力下，仍維持晨跑（數公里）與晚操（伏地挺身六十次），較諸十八年前在陸戰隊受訓時的體能狀況，亦不遑多讓。顯然，至少在生理上，毫無mid-life crisis的跡象。

至於提到台西鄉的那段，內容是這樣的：

進大學後，我們在不愁衣食之餘，開始思考本身的社會責任。所以，當美國要把釣魚台列嶼隨琉球「交還」日本時，我們就憤怒的走上街頭，指責「日本無理，美國荒謬」；當我們發現雲林縣台西鄉的農民每天收入只有六元台幣時，我們開始籌組「社會服務團」，要做「百萬小時的奉獻」。而當其他的大學生在忙於檢討別人的時候，我也曾算過：一個公立大學的學生，每蹺課一堂課，國家就要浪費新台幣十七元左右，幾乎是雲林台西農民每天收入的三倍！（當時牛肉水餃一個五角，一菜一湯的客飯只要八元。）

雲林是農業縣，主要作物是稻米、蔬菜、水果，因爲沒有工業，是台灣最窮的縣。台西鄉靠海，土地鹽分過高，所有的植物裡，只有作防風林的木麻黃長得最好，甚至連農業也難以發展，是雲林最窮的鄉。作爲雲林子民，看到馬英九大學時代就關懷、協助台西鄉民，內心自是十分感動的。

*

一九九五年春天，雲林子民的兒子準備結婚，我又打電話給馬英九。那時他擔任法務部長，想必公務更爲繁忙了。

「這次不是來請你寫稿，」我說：「是想請你做證婚人——」

我的話還沒說完，電話那端即傳來了笑聲。

「我的年齡——」他遲疑的繼續笑著：「做證婚人，好像不大合適吧？」不過他仍禮貌的問我是爲哪家的新人證婚？

「就是我的兒子啊。」我說。

「哦，那是哪家的千金有幸做妳的媳婦呢？」

我介紹了吾兒吾媳的學經歷和吾媳的家世背景。聽到吾媳出身於法律家庭，其父擔任台南高分檢檢察長，他的語氣轉爲親切，電話裡又傳來了笑聲：「哦，原來妳要和李檢察長結親家啊？每次我去台南視察，李檢察長都幫我很多忙，他眞是一個可敬的長者，恭喜妳啊，婚禮是在哪一天？」

婚禮的前一天是周末，我又打電話去，說準備次日請人去接他，他一口回絕：「我自己來就好，我又不是小孩子，幹嘛要人接？」

三月五日中午，馬英九準時到了希爾頓三樓寶島廳。賓客陸續抵達，看到他都又驚又喜，爭著和他握手、合照。婚禮進行時，要在結婚證書上用印，他說沒經驗，不知道要帶圖章，悄聲對李檢察長說：「你回法務部開會時再帶來讓我補印好了。」

不過他的證婚人致詞倒不像沒有經驗，而且是有備而來的。他讚揚吾媳之父，「奉公守法，法律見解非常高超。」他引述胡適的治學名言「大膽假設，小心求證」，說那句名言雖然流傳了幾十年，「但是，在婚姻生活中，最好是大膽的信任，小心的假設」，才能「互愛互信互諒」，建立長久的夫妻關係。他也說了三句祝福的話，以最後一句讓人印象最爲深刻。他說，二三十年後台灣可能面臨人口危機，新婚夫婦應有憂患意識；「舉一反三，應該是一個可以接受的數字，而且，時間不可以拖太久。關於這一點，台南高分檢要列入考核。」賓客聽到這句都笑翻了，想不到平時在電視裡看到的那個不苟言笑的法務部長，私下裡會說出這麼幽默的話來。

婚儀結束後，更多賓客要求與他合照，彷彿他是婚禮的主角。筵席開始後，他和同桌的林海音談《城南舊事》，與何凡談他的專欄「玻璃墊上」，對於其中提到的一些民生議題，以及法律文書應以文言文或白話文書寫，熱切的向何凡請教與討論，我們同桌的人都做了民生議題與法律文書討論會的最佳聽眾。但是吃完兩道菜之後，他輕聲說對不起，有事要先告辭，我一時有點驚慌，因爲那天該給的各種紅包我都託六妹保管，本想筵席結束後才致贈給他。等我去鄰桌向六妹拿了紅包走到電梯口，親家已陪他先下去了。我搭電梯到了一樓，卻不見他們的人影！還好親家下來找到我，說馬英九到二樓西餐廳去了。

我問親家，是不是他在那裡另有應酬？親家卻說，不是應酬，是他太太和小孩在那裡等他。我們到了二樓西餐廳，他很不好意思的向我們介紹太太和兩個女兒，並且解釋說，平時太忙，沒空陪家人，「所以禮拜天一定要和她們一起吃吃飯聊聊天。」我怕打擾他們團聚，趕緊拿出紅包請他收下，他卻一再推辭不收。我說這是台灣人的禮俗，福報會回饋給新人，而且紅包內容絕對沒有違反公務員收禮的標準，請他務必收下。他發現旁邊的客人頻頻轉頭注目，唯恐引起驚擾，這才停止了推辭，勉強收下。

＊

兩個紅包的故事，早已成爲歷史。馬英九當選總統那晚，我找出〈反哺的一代——四十感言〉重讀，也把《四十歲的心情》各篇再瀏覽一番，不禁覺得歷史如旅人，腳步繼續行走，也覺得歷史像鏡子，映照各種旅人的身影。與馬英九同年的陳菊，在《四十歲的心情》裡寫〈不會滾動的石頭〉，詳述前半生投入反對運動的心路歷程，有幾段特別能凸顯她的形象與風範：

四十歲了，仔細回顧前半生，覺得自己像是一粒不會滾動的石頭，冷然站在某一方位，遍受風雨的洗鍊，儘管形體消蝕若干，但依然矗立不搖。常有人問我爲何走上反對運動之路？其實我是一個很簡單的人，一生只做了一次選擇，而且從不反悔。……

當同齡的女性徜徉在父兄、伴侶的呵護中時，我卻在恐懼、壓迫中成長。如果一個人因年齡而有青、中年階段性差異，我認爲自己是從十九歲的青年期就開始有中年的負擔和沉重。……

眞的，四十歲的心情有些複雜，雖然尚未視茫髮蒼但難免有「中年的哀愁」，十九歲時見聞到的不公與不義，竟用了二十一年的歲月來抗爭，使我體認到實現美好理想的道路是曲折漫長的。固然表面上我依然孤獨也一無所有，但就生命的內涵而言，這四十年的生命應有其豐富性。……

如今，陳菊於二〇〇六年底當選高雄市長，是台灣首位女性直轄市市長，馬英九則於今年春天當選第十二任總統。一個成了民進黨總統敗選後黨內最有權力的女人，一個成了國民黨勝選後最有權力的男人。而當年協助「四十歲的心情」邀稿的「人間」編輯同仁，焦桐做了成功的出版人，曾與陳水扁總統的女兒女婿同樓而居；路寒袖則歷任謝長廷、陳菊兩位市長，迄今仍任高雄市文化局長。此中轉折，從小小的「人間」到「四十歲的心情」，幾個名字的背後，藏有多少值得玩味的故事！

＊

然而最値得玩味的是馬英九〈反哺的一代〉中有關台灣歷史、社會、文化、環保等等議題的理念和省思；看來他四十歲時已經胸懷壯志，開始描摹一幅縮小版的治國藍圖：

在批評別人的同時，我們也進行深刻的反思——我們不可言行不一，雙重標準，在學成之時，我們乃決定用腳來明志——回到了成長的地方。我們要讓大家告訴大家：我們不介意放棄高薪，回台灣住鴿子籠、擠公車，因爲只有爲自己的鄉土服務，才有千金不易的歸屬感。我們既不是「無根的一代」，也不是「失落的一代」，我們應該是「感恩的一代」與「反哺的一代」。因爲我們的上一代在連年的兵燹與窮困中獻出了他們的青春乃至生命，才換得我們享有中國歷史上僅見的承平與繁榮。我們受到最周全的呵護、最完整的教育。當我們已經成長茁壯的此刻，能不義無反顧地回饋台灣母社會嗎？

對我而言，反饋意味著政治改革、經濟轉型、社會重建與文化復興。在落實民主憲政、促進產業升級的同時，還要尋回失去的人文價値，進而整合與光大我們的文化理想，庶幾乎台灣不再被國際媒體稱爲「貪婪之島」（Island of Greed），而應是「優雅之島」（Island of Grace），中華民國不再被謔稱爲「賭場之國」（Republic of Casino），而應是

「文化之國」（Republic of Culture）。……

希望在未來的歲月中，台灣能加速改革步伐，追求均衡成長，真正把「成長」與「進步」畫上等號，也希望大陸能擺脫貧窮、落後與專制，走向民主、均富與多元化。……

馬英九撰寫那篇文稿時，大陸八九民運的「六四」餘波猶未平息，台灣也經歷了九〇年三月中正紀念堂廣場學生靜坐事件。十八年之後，當選了總統的馬英九，應該沒有忘記四十歲時懷藏心中的那幅小小的治國藍圖吧？而「優雅之島」、「文化之國」，應該是馬英九上任之後，努力送給我們全民的最重要的紅包。

我們等待著。

二〇〇八年四月九日《中國時報》人間副刊

輯2

有人

發現張菱舲

——序《朔望》

我年輕時認識的張菱舲，是一個精神貴族，極端的道德潔癖者，和世俗社會永遠保持著自我審視的距離；偶而介入，少有認同，喃喃批判，從不妥協。這飄浮的距離讓她在心靈上保有高度的浪漫，盡情耽溺於美的追求，並於創作中堅持一種虛幻美學的風格。一九七〇年赴美之前，我印象裡的她的作品，大多閃爍炫麗如水晶球，飄浮旋轉於大氣之上，呈現自我與潛意識層層對話的重複意象，既靈動多彩又神祕幽深。閱讀她的散文，必須專心專情，更需有如繁花綻放的想像力。那時的我每讀她的作品就想，一個多麼奢華而孤獨的創作靈魂啊，她文字裡的詩意和貴氣，是出身農村的我永遠難以抵達的境界。

1.

我記憶裡的菱舲，也是一個生活貴族，嗓音清亮，身材修長，夏天時喜歡赤裸著臂膀，穿素白圓領上衣配花布長裙（或迷你裙），一頭尾端微翹的長髮在腦後繫一隻蝴蝶結，走起路來顧盼生姿；那獨特的裝扮和飄逸的身影是當時的文壇一景。

菱舲比我年長九歲，與我同屬皇冠基本作家第一批，當時在中華路與武昌街交口的《中華日報》做藝術記者兼副刊編輯，父親張鐵君則是《中華日報》總主筆，她頗以父親自豪。《中華日報》對面是台北市警察局，據說晚上常傳出刑求人犯之聲，菱舲往往新聞稿寫到一半聽不下去，咚咚咚跑去警察局怒吼：請你們不要再打了！過幾天再聽到，又跑去吼叫：請你們不要再打了……。報社裡有許多男性記者和編輯，只有她這南京出生的雲南女子義氣凜然，敢於一次又一次勇氣十足的跑去向警察抗議！

菱舲的父親很鍾愛這個文采亮眼有才氣又富血氣的長女，特別在碧潭自家庭院的一角給她蓋了一間房，讓她得以避開兩個弟弟兩個妹妹，一個人安靜的看書玄想寫作。一天下午她帶我和林懷民去參觀那間房，家人都不在，走過寬闊幽靜的雅致庭院，見到那個彷如樂園一角的閨房，收拾得齊整潔淨，書架書桌堆了許多書，書桌前的紗窗上還綴著片片火紅的楓葉。她形容那些楓葉，「美得像夢一樣裝飾著我的窗子。」而那時的我，初來台北做職業作家，窮得只能俯在竹床上寫作，連一張書桌也沒有呢！

一九六五年五月我在鷺鷥潭結婚，菱舲也穿著白衣花裙偕王姓未婚夫同來，兩人分任男女儐相，懷民問她什麼時候結婚，她笑說還早呢。後來不知為什麼，她和王先生解除了婚約，不久就悄然離開台灣。

菱舲二十二歲進《中華日報》工作，二十七歲（一九六三年）由文星出版第一本書《紫浪》，那是她一生最爲意氣風發的時代。其後幾年發表的散文，直到赴美之前才積極整理，交由阿波羅出版社於一九七〇年出版《聽，聽，那寂靜》，次年出版《琴夜》。此後至六十七歲在美去世，未再有作品出版。

菱舲赴美是一九七〇年八月，次年三月在《中國時報》人間副刊發表〈雲行於「七四七」弦上〉，記述她搭機離台的心情，形容她十三歲自大陸到台灣後的二十一年生活：「無風無浪的時光，美食美服美屋的時光，鍛鍊靈魂提升自己的時光，戀愛的時光，哭泣的時光，興奮的時光，單調的時光，大發現的時光……。」

菱舲去美那年已三十三歲，此後即遠離台灣文壇。文中雖有「我必回歸」、「當我回家」之句，但在發表那篇散文後即銷聲匿跡，原因不明。時過三十餘年，六〇年代友人或還記得她的文采身影，年輕讀者則大多不知「張菱舲」其人其文了。

2.

二〇〇三年五月二十日，隱地在《中央日報》副刊讀到定居洛杉磯的詩人張錯發表〈食蓮人〉一文，描述他因殺爾士（SARS）驚魂離開香港返回美國家中，從堆疊的郵件中發現一封菱舲的小妹來信，告知菱舲已經去世！張錯傷感之餘書寫悼文，娓娓敘述他在台灣讀大學時，投稿《中華日報》副刊及出版第一本詩集均得菱舲熱心協助，後來兩人分別出國失去聯絡，直到二〇〇一年七月才在紐約一場演講活動裡偶然重逢：「但是千言萬語，不知從何說起，她不是從前的她，我也不再是從前的我……，彼此各自的滄桑，彼此各自的無奈，彼此各自最後歸諸一聲長長的喟嘆。……」

隱地比菱舲小一歲，得知她驟然離世不免十分震驚，晚上八點來電話問我看到張錯的文章沒？那天我休假在家沒看到《中央日報》，他即把大致內容唸給我聽，唸完不勝唏噓說道：「怎麼已經輪到我們這一代了？我想她的朋友不多，妳是她的朋友，應該知道這個消息……。」最後，隱地特別加上一句：「要保重啊！」

放下隱地電話，我打給也是菱舲朋友的懷民，叫他去買一份《中央日報》，看看張錯那篇情意眞摯的悼亡之作。但是電話那頭的懷民嘆了一口氣，沉重說道：「季季，我現在，在荷蘭啊！」

天地如此之大，人的世界如此之小！那短短的幾分鐘之中，在我們的意識裡流過北美洲的紐約、洛杉磯，亞洲的台北，西歐的荷蘭，以及上世紀六〇年代的初識，新世紀〇三年的五月悼亡！在那之前，我們已有許多許多年不知菱舲行蹤了。她幾乎不與昔日文友聯絡，偶而有人問起：「你有張菱舲的消息嗎？」答案都是沒有。只知她在紐約，聽說生活不太如意。但這也都僅止於聽說。隱地在《中副》發現的，則是確確實實白紙黑字，一則張錯悵然書寫的，她已永別人世的消息！

結束與懷民的電話，我默然於客廳與書房間徘徊，一步緩慢一步，對菱舲的回憶層層交疊，恍如一場迷幻之夢醒不過來。

3.

菱舲確切的逝日是二〇〇三年三月十八日，形單影隻無有子女，後事由弟妹料理。小妹菁菁幫她整理遺物時，發現她留下不少遺稿，其中一篇〈我〉僅約三百字，寫於去世之前三個月，像是一篇遺言，交代自己「在紐約近三十三年東山再起發表詩文的一九八七年前後，曾寫下並發表了許多篇章」，而以最後一句讓人最感悲涼：

忽然發現生命已在餘燼之中，逐漸熄滅之際，我最後的盼望是：我多情知音的讀者和評論者，能予我「抒情散文家詩人」的肯定！

張菁菁將菱舲部分遺稿整理出來。〈外太空的狩獵〉、〈自化〉、〈意象〉三篇較長，合爲《外太空的狩獵》一書，交由聯合文學於○六年九月出版。專研台灣近代散文的張瑞芬教授，特爲該書撰寫推薦序言〈狩獵月光——張菱舲和她的詩情散文〉，認爲這三篇作品「是長篇詩情散文，卻兼而有小說的趣味、迷宮的佈局。」並推崇張菱舲的散文「揉合現代詩的超現實感，迴旋曲般的音樂性，將文字的彈性、密度發揮到極致，出入於音樂、舞蹈等不同藝術間，以優美的詩文對余光中六○年代的現代散文作出承接，也成就了自己獨樹一幟的『詩情散文』體。」

4.

另外較短的六十七篇，分爲「泉音」、「點睛」、「夜泫」、「星宴」四輯，合爲《朔望》一書。從目錄前的獻辭（謹以此書獻給父親張鐵君教授、母親孫以白女士、天文學家Dr. Carl Sagon並獻予弟弟妹妹們及作曲家Philip Glass）看來，應是菱舲生前親自編定，不知爲何並未付梓出版。菁菁將這批遺稿交給九歌發行人蔡文甫先生，《朔望》才得於○七年春天完整面世。除了首篇〈雲行於「七四七」弦上〉是一九七一年抵美初期所作，其餘六十六篇皆是她遺言所稱「東山再起」的一九八七年後發表於台、港、美國各報刊雜誌的零星短文；僅〈螺絲轉彎〉係較長的散文體小說，一九九一年二月《聯合文學》月刊七十六期以「重出江湖」予以推介。菱舲似頗看重這篇，收於全書最後作爲「壓卷」。這些作品，文字延續其早期的詩意炫麗，敘述則一再呼應她所崇拜的美國現代作曲家Philip Glass的「重複與變奏」風格及天文學家Carl Sagon對外太空的神祕探索，讓我們不斷的看到一個孤獨心靈於層層幻夢中自我演繹，穿梭轉換，追索生命困惑並叩問宇宙奧祕；其意境之顯影比早期作品更爲虛幻迷離。

菱舲的父母弟妹，後來也都移民美國。她這些後期散文，對父母弟妹之情頗多著墨，如〈獻給九十歲的父親〉、〈爸爸的旅程〉、〈今晚媽媽不會回家〉等。對曾經居住二十一年的台北也有不少回憶，如〈從「幻想」到「煎餅」〉、〈戴花的年代〉、〈幸福的一代〉、〈我曾是建中的女學生〉等。不少篇章則書寫在美國重逢與新識的文友或藝術家，如夏志清，馬白水，秦松，韓湘寧，丁雄泉等人。但寫得最多的是她的心靈不斷穿越的音樂，繪畫，舞蹈，閱讀：如〈一束樂音——爲美國現代作曲家菲立普．葛拉斯〉、〈複音瓣複瓣音〉、〈樂音的岩堡〉、〈夜空畫情〉、〈潑墨潑光〉、〈畫舞〉、〈悲丑〉、〈悲哀與悲泣〉，以及菱舲自己最看重的〈據菁菁轉述〉〈朔望〉、〈夜瞳〉、〈星宴〉等篇。

對於自己的轉變，她在一九九七年七月發表於美國《世界日報》副刊的〈空巢未空〉

裡，簡略提到幼年在大陸時期「成長在十分冷酷無情的外在世界中，」直到「進入台北《中華日報》當文教記者之前之後，我拾回了自信、自尊與自傲。」在同年十一月發表於《明報》副刊的〈湯姆瓊斯的溫情〉裡則說：「歷盡『滄桑』，我終於扎扎實實的成爲美國公民。」至於歷盡的是何種滄桑，並無片語隻字的具體敘述。

5.

閱讀這些篇章，我不斷想到一九七一到八七年的張菱舲因何失聲十七年？能否從中尋出一些蛛絲馬跡？但是，終究一無所獲；她把一九八七年復出的第一篇作品〈浩浩然三千里滑弦〉放在〈雲行於「七四七」弦上〉之後，十分自覺的以一頁之隔越過那十七年。在其後的篇章裡，也只有一些抽象字句的描寫，如「黯黯然十七年寒窗寒暑」；「現實生活與生命，對我來說，眞是一種悲劇。」

更讓我困惑的是她看到夏祖麗寫的林海音傳記出版後，二〇〇〇年十二月發表於《自由時報》美東版的〈林海音與「船長事件」之我見〉裡這一句：「現在想起來，才明白怪不得一九七七年中美兩邊特務把我抓回來整的原因……。」關於一九七七年，在一九九八年發表於《新生報》副刊的〈我的朋友錢寧娜〉裡也曾一語帶過：「一九七七年之後，一切都改變了，包括我自己。」

到底一九七七那一年張菱舲發生了什麼事？為何會牽涉到「中美兩邊特務」？「把我抓回來整」，指的又是何地？一九七一至八七的十七年，為何一片空白？在這批遺作發現並出版之後，這也許是從事文學研究者有待再發現的一個祕區。

二〇〇七年二月五日《自由時報》副刊

遇到賴志穎

——序《匿逃者》

記憶的力量如此強大，無法抵抗，抹除，甚至也無法扭轉。所以，關於賴志穎，以及他的作品，我必須聽命於記憶，忠實的從二〇〇四年的初遇說起。

那年夏天賴志穎參加了印刻文學承辦的「二〇〇四全國台灣文學營」小說組，十月一日，我（與蘇偉貞）在評審創作獎時第一次讀到他的小說〈無聲蟬〉。後來從主辦單位得知作者賴志穎，筆名湯巨源，二十三歲，就讀於台大微生物與生化學研究所，「居於毛翁社磺溪畔」；筆名也許由此而來。

十一月，創作獎作品由印刻結集爲《遠行的聲音》出版。我在「小說組評審的話」裡，以〈留白與土地公廟〉闡釋兩個重點。其一「留白」，說的是獲得首獎的盧慧心作品〈安靜。肥滿〉：

作者的文字有一種慵懶疏離的節奏，緩緩的烘托出女主角的心情轉折，而且善用留白，關鍵處不著一字，而讀者腦中已意象盪漾了。

其二「土地公廟」，說的是獲得佳作的湯巨源作品〈無聲蟬〉：

想像的眞實可以隨心所欲創造，但如觸及生活的眞實，人間事還是需要仔細觀察，尊重事實。例如獲得佳作的〈無聲蟬〉，作者很用心的營造全篇的故事與意象，書寫公車司機的境遇與公車裡的特殊生態也很感人，但作爲全篇特殊場景的「土地公廟」，卻都寫成了「土地廟」；在台灣民俗裡，「土地公廟」是絕不能簡稱爲「土地廟」的。

就題材的廣度與敘述的飽滿度而言，那屆的參賽作品我最喜歡的是〈無聲蟬〉。然而，在評審的平台上，缺點越少的作品越能勝出。〈無聲蟬〉裡的「土地廟」，與「土地公廟」雖僅一字之差，但「土地公廟」是台灣民間最普遍的土地神信仰，一字也不能誤差。〈無聲蟬〉因此而失分，確實頗讓我遺憾。

十二月十八日，主辦單位邀我去台南「台灣文學館」頒獎。典禮結束後，賴志穎拿著那本作品集來到我面前，靦腆的笑著說：

「老師，對不起，我眞的不知道，那應該叫土地公廟。」

「哦──」

我有點驚愕。但也隨即安慰他：「現在知道也不爲晚呀。」

後來我常想起那讓我驚愕的初遇。想起他來到我面前說那句話時，在靦腆的笑容背後，有著怎樣純潔的勇氣。──如果是其他的作者，也許沒有勇氣走來坦承自己的錯誤吧？那樣的勇氣，標誌的是一個青年寫作者自我省思的高度。

＊

一年之後，賴志穎以〈紅蜻蜓〉獲得第六屆「寶島文學獎」小說首獎；次年更以〈獮猴桃〉得到《自由時報》第二屆「林榮三文學獎」小說首獎。這些肯定與榮耀，想必都源於那高度自我省思的無限延伸。

「林榮三文學獎」創設於二〇〇五年，短篇小說首獎獎金高達五十萬，備受文藝界矚目。二〇〇六年十月十九日，我與葉石濤、廖炳惠、黃凡、邱貴芬參與第二屆小說決審，主辦單位宣佈得獎人後，我暗自慶賀著賴志穎的寫作獲得另一高度的肯定，也記得葉老說了這麼一句意涵深刻的雙關語：

「哇，一粒獼猴桃五十萬，這個少年人眞有價値！」

十一月二十六日，在內湖的《自由時報》新廈頒獎給他後，賴志穎抱著獎座又來到我的面前。

「老師，〈獼猴桃〉去年曾參加文建會的台灣文學獎，老師也是評審，不知老師記不記得這篇？」

又是一次讓我驚愕的自白，我也只能坦白以對。

「記得啊，就是去年的今天在台南評審，但不知道是你寫的。」——那次的評審也有蘇偉貞；還有李喬。

「老師，我覺得，那次我沒有寫好——，」他又露出了靦腆的笑容：「這次我很用心的再修改過，沒想到，會得首獎。」

「很好啊，」我以常說的一句話回應他：「文本永遠在創造之中。」

兩次的頒獎典禮，讓我窺見了青年賴志穎的內心，有著多麼謙卑的能量和多麼強韌的堅持。獲得佳作，他坦然走到我的面前，承認他的無知；獲得首獎，他仍然走到我的面前，坦承他的失敗。如果是其他的作者，在五十萬獎金的榮耀之後，還願意謙卑的承認自己的失敗嗎？

「這個少年人眞有價値！」

葉老的那句話，再次來到我的耳邊。

那一刻，「價値」指涉的是「品格」；那是更高層次的意涵。

*

終結了這些聽命於記憶的，關於人之機緣的書寫之後，我終於能夠回到文本之前，以一個讀者的身分，自由面對賴志穎的第一本小說集：《匿逃者》。這書名顯然是作者的自我隱喻。因爲書中並沒有一篇同名的小說。

在目錄的安排上，賴志穎把他的第一篇小說〈玉樓聲斷〉「附錄」於全書十一篇作品之末，似乎有意與「匿逃」意象遙相呼應。〈玉樓聲斷〉是他十六歲就讀建中高一時獲得該校「紅樓文學獎」小說組第二名的少作；其他十篇則是他二十三歲（二〇〇四）至二十六歲（二〇〇七）的作品。其間的七年，作者匿逃於何處？

與賴志穎同世代的寫作者，大多陷於網路，名牌，情慾，寵物等等的現實魔障，寫作題材也大多耽溺於頹廢甚至暴力美學的書寫。但是賴志穎，從層層的現實魔障中匿逃，沉潛於一種清明的理念，「不與時人彈同調」。

高一時，之所以開始提筆寫作，是因爲一時興起，把篇六朝筆記小說改成白話短篇交給當時任教國文的葉紅媛老師。過了幾堂課，她和我說，你何不試試寫短篇小說，投學校的文學獎呢？

高一下學期，我得到了紅樓文學獎。到現在，我仍記得老師在明道樓破舊的走廊上，微笑和我報知這個訊息的畫面……

這篇附於〈盜墓者〉之後的〈創作自述〉（二〇〇六年十二月《印刻文學生活誌》），賴志穎坦承他的第一篇小說是從一千多年前的六朝筆記汲取養分的。且看〈玉樓聲斷〉第一節「太平」首句：

大蜀廣政二十六年遂州方義縣……

再看第六節「玉鳴寺」尾句：

禪房外，老尼姑露出一抹微笑，愉快地注視著蘇軾父子……

古老的六朝從遙遠的時光彼端涓涓而來又涓涓而去，許多年少的學子也許視而未見，也許不屑一視，十六歲的賴志穎卻從其中掬起了一滴甘泉，成就了他的小說啓蒙。這一步匿逃，比起同世代的小說啓蒙者，相距何其之遙。

*

〈玉樓聲斷〉也是賴志穎嘗試向文學前輩致敬的首篇。二〇〇四年發表第二篇作品〈無聲蟬〉時，延續這樣的方式，向蘇聯小說家蕭洛霍夫致敬：

早晨又吹起同樣的號聲，各種不同，同時又和孿生子一般相同的日子，一天一天過去了。（《靜靜的頓河》卷三）

然後，第三篇〈紅蜻蜓〉，向五〇年代白色恐怖時期神祕死亡的台籍作家呂赫若致敬：

自己無法忍受一抹寂寞之感的根源何在？……是感傷於無法填滿的青春嗎？……心靈的空虛到底是爲了什麼？感覺放在窗邊的手極爲無力，視野逐漸朦朧……（呂赫若《清秋》）

其餘各篇的引述，包括了晚唐詞人李珣，元曲名家薛昂夫，蘇聯銀色時期女詩人安娜·阿亨瑪托娃，日本小說家三島由紀夫，大陸當代女作家王安憶，以及台灣中生代詩人陳黎與陳克華……。這些作家的一首詩，或者一句話，矗立於賴志穎的小說之前，彷如一座高塔，他要閱讀者先仰望那座高塔，再低眉進入他的小說場域。這是他對汲取寫作養分的前行者的禮敬，也是他作為寫作追隨者的謙卑。

賴志穎自小即學習鋼琴等樂器，且長期參加合唱團，大學讀農業化學，研究所讀生物化學，這些融合音符與理化的成長背景，使他的小說書寫更具一種嚴謹寫實，講求節奏意象的特色。例如〈紅蜻蜓〉中這一段：

……我不太懂你說的那一天是什麼，只記得夜燈下，你的喉結是一幅美麗的剪影，隨著說話的節奏上下跳動，這是一種喉結的舞蹈，聲控的皮影戲。是的，我開始剪開你的頸子，脖子裡面的血管空空洞洞，死灰色，我特別剪開你的氣管，找尋著聲帶，曾經讓我蕩漾的源頭靜靜地鑲在氣管上，像兩瓣凋萎的新芽。……

〈紅蜻蜓〉是賴志穎的再一次匿逃：從二〇〇五逃回一九四七，從一則二二八之後的歷史偶然，一刀刀解剖表哥與表弟的成長記憶與生死隔離。〈紅蜻蜓〉是表弟到台北讀書後，表哥唱給他聽的一首日本歌謠：「如火燒的晚霞中，紅蜻蜓喲，最後一次看到你是哪一天呢？」表哥則是呂赫若的音樂學生，於二二八事件的某天深夜被警察帶走。就讀於醫學院的表弟，何曾料到在解剖台上與被槍決了的表哥重逢；「最後一次看到你是哪一天呢？竟是在上大體解剖課、掀開裹屍布的那一瞬間！」

具有同樣書寫特色的是〈獼猴桃〉：

……窸窸窣窣的交談逐漸緊張，逐漸擴大，妳聽見自己的呼吸聲，也聽見那兩位年輕醫生的。冷，手術室的冷氣好強，妳的臉被蒙上，裸露的背貼著冰冷的鋼製手術台，妳是具活屍。

（怎麼辦？找不到那條血管，要不要找另一個開口？）

（不是那一條，那一條是通到肺靜脈的。）

口乾，妳聽到心跳，無法克制的緊張。清醒是最嚴重的疾病。

（這不過是一個小手術罷了，妳放心，不會有問題的。）

主治醫師告訴不安的妳，裝人工血管，是比割除乳房還要小的手術。乳房割掉了，這個不可能熬不過。……

但是這次賴志穎沒有閃逃。他返歸人子之心，貼近生活現實，書寫疾病對人性的微妙考驗：母親罹患乳癌了，她與家人如何度過那段惶亂的歲月？其中尤以兒子左胸開始鼓起，疑似罹患「男性女乳症」的轉折最爲特殊。葉老在評審意見裡的幾句話，貼切點出了它的特點：

這是一篇寫實的小說，寫母親患病以後的各種治療，肉體上的變化，重要的是仔細記錄了母親外觀的變化和精神生活的變異。透過小說的敘述，我們完全了解了母親患病前的她的容貌以及精神生活情緒的起伏。這些病前的肉體和快活的精神，病後完全改觀幾乎變成了另一個人。作者以莫大的愛心，精細的觀察，仔細記錄了母親的病前生活全貌和病後的沮喪和悲觀。……

這篇小說不管結構、情節、描寫都有現代人的敏銳感覺。

描寫人性以及描寫現實生活是一個作家永遠要達成的任務。不過最後一句話，我很喜歡這篇小說，這也是我選它爲首獎的理由。

我與葉老一樣，也是選它爲首獎的。

述。書中的其餘篇章，隱藏著各種的「匿逃」故事，但都嚴守細膩寫實的書寫，此處不再贅

＊

今年三月一日，我在國家音樂廳聆賞青韵合唱團三十五周年演出，賴志穎唱男高音，並朗誦了他為青韵三十五周年所寫的一首詩〈一種年輕的雀躍自遠方奔來〉（由陳樹熙先生作曲）：

一種年輕的雀躍自遠方奔來
攜著下課的鐘聲
時光的守衛總是　準確
無語

一種年輕的雀躍自遠方奔來
我幾乎看見那陣急切的風
吹開蒙塵的原文書

點亮熬盡的夜
撕開層層包裹的塑膠膜
像麵包般醱酵

笑著，唱一首駱駝和雲雀交織的晨歌
所有的沙漠都像草原般甦醒
點綴一道道曙光築起的彩虹
踏沙行，踏莎行
踏過花間尊前馮延巳溫飛卿
踏過蘇軾的風波不定
吟嘯何妨？
這是一種年輕的雀躍
有點躁進，卻又靦腆

奔來了，自遠方
那些模糊的笑靨已然清晰可見

如同霧散的湖心
那些傳說盡褪的森林

賴志穎的這首詩，寫著年輕歡快的雀躍，卻和他的小說一樣隱藏著匿逃的靈魂。聽說他今夏將要出國深造，祝福他在年輕的雀躍中繼續匿逃前進。

二〇〇八年五月二十九日《自由時報》副刊

舒暢的眼睛

——重讀《院中故事》之回想

在舒暢的面前，我常感到不安，而且有點自卑。

舒暢有一雙細細的小眼睛。

我最怕的就是那雙眼睛。

那麼細小的一雙眼睛，卻可以像X光一樣的穿透一切，直視人的矯情與虛僞。在他的面前，我唯恐自己不夠眞誠，也唯恐自己不夠敏銳。不夠眞誠，他會以冷眼相看；不夠敏銳，他會以冷笑相待。眞誠和敏銳，本是寫作者的基礎能量，我天生熱情，自信對人永遠懷抱著眞誠，但是，對於看人、鑑事的敏銳，總是比舒暢遲鈍許多。一九七一年底，我結束識人不清的痛苦婚姻，其後一年多曾帶著孩子賃居於內湖眷村，常去鄰近的朱西甯、劉慕沙家尋求精神甚至物質的救援。舒暢五〇年代於鳳山第四軍官訓練班入伍生總隊服役時即與朱西甯、劉慕沙結識，與朱家交情深厚，朱家住內湖時他已退役多年，常到朱家聊天下棋，我才有機會聽他說些話，對他增加一些認識。他是天平座A型，心思極爲細膩，熱情且有道德潔癖，說到一些他看不入眼的人，難免罵聲兼調侃，激動處則比手畫腳，聲色俱厲。他的嗓音沙啞，說話又急，加上一口湖北鄉音，十句裡我有五句聽不清。倒是他的聲音與表情，比言語更清晰表露了內裡的心聲。

雖然聽他罵人不少，我倒沒挨過他罵（至少沒當面）。他與我的前夫楊蔚同年，比我大十七歲，每次在朱家遇到我，總是以他的湖北腔發出第三聲與第一聲的叫喚：「擠——基——」，然後以老大哥的姿態伸出右手食指，一下兩下三下的輕指著我的鼻子：「妳啊，妳啊，妳這個傻丫頭！」——說著那句話時，他冷笑的臉上卻是讓我感覺無比溫暖的眞誠與憐憫。

1.

其實我認識舒暢不始於內湖朱家。一九六四年，我來到台北做職業作家，不久就在一些文學活動場合認識了一批當時十分活躍的「軍中作家」。除了朱西甯（那時朱家還住板橋婦聯一村）、司馬中原、洛夫、瘂弦等少數人已經結婚成家，其他的大多還孤家寡人，精神和身體皆處於漂流狀態，神情也難免浮躁不安，常說的一句話是：「他媽的，想家啊！」他們想念著海峽對岸的老家，想必也渴望著在台灣有個自己的家。後來有些人終於找到了生活伴侶，成家育子綿延血脈。卻也有人尋愛落空，心緒鬱結，一手終結了大好人生。

但是舒暢，彷彿和那一切都無關。在文學活動的場合，他默默坐於一旁吸菸，不說他的同袍常說的那句話，也少有浮躁不安的神情。他的臉異常削瘦，永遠睜著那雙細小的眼睛，沉靜的，銳利的，只是凝視著他人的悲喜劇；偶而浮現的一絲微笑，也往往是帶著憂鬱，甚至是有點慘然的。那時我就已發現，他有一雙銳利的眼睛，而且他的背已微微的駝了。

舒暢三十五歲（一九六三年）即以上尉之階從陸軍總部情報處退役，其原因始終費人猜疑。一說他在鳳山時屬於孫立人部隊，孫案發生後雖被調到台北陸軍總部，但部內派系傾軋，他也遭到排擠，憤而提前退役。一說是胃潰瘍嚴重，以健康理由退役。也許，眞正的原因是兩種說法的綜合吧。當他的同袍把整個離亂世代的浮躁不安表露在臉上嘴上時，他只是菸一支支的吸，默默然讓浮躁不安沉入心底。那一層層積累於心底的煙塵，像火一樣煎熬著他，燃燒著他，終致割了胃，駝了背，退了役，只餘一身單薄的傲骨。所幸退役後還能繼續棲身於陸總部與陸指部在長春路爲單身同袍安置的簡陋宿舍，以微薄的退休俸清簡生活。聽說他初期分到的宿舍是四人一間，壅塞吵雜煩悶，他卻能固守著孤獨城堡靜心寫作。

舒暢二十五歲那年曾參加文協主辦的小說班第二期，在台北女師附小上了四個月的課

（一九五三年四月一日至七月三十一日），當時同學包括段彩華、楚茹、蔡文甫、馬延齡、楊思湛、劉非烈、盧克彰、張叔南、鍾虹等人。小說班同學錄有各學員的照片和簡介，舒暢的簡介是這樣的：

> 穿的是二尺五，卻偏愛了文藝。是一個多血質的熱情人：急性子，說話時恨不得一口氣說完所要說的話。
>
> 下得一手好象棋，他寫戰鬥性的文字之所以能生動活潑而縝密，算該得力於平時對象棋的研摩功夫。
>
> 他的作品，觀察細密，長於對人物的描寫和刻畫；曾被文獎會採用過。但他有時寫寫粗線條的東西，更富於力的表現。

退役之後，舒暢更能專心致力寫作，第四年（一九六七）即出版第一本短篇小說集《櫥窗裡的畫眉》，兩年後又出版了《軌跡之外》。他寫作和下棋一樣，深思細想，慢慢琢磨，不到圓熟之境絕不出手，因此作品不多，一生只出版七本書（六本短篇，一本長篇）。另有一部長篇《天窗》，雖曾在報紙副刊發表，不知何故未見出版。

2.

我移居內湖那年，舒暢四十四歲，也許是他來台後最意氣風發的時期。不但已經在《民族晚報》連載完第一部長篇《天窗》，而且正和一個比他小十四歲的美艷女作家交往。那年冬天快過年時，他特別在委託行替她買了一件白色毛大衣，據說耗資五百元。我租的眷村房舍有前後院月租六百元，他當時的月退俸也不足一千元，想見他對她的用情與用心。那段期間，他的微笑不再帶著憂鬱，彷彿跋涉至人生中途有了新的覺醒，難得的開朗和喜悅。但是，那場夢，最終還是破滅了！

結束了那短暫的，世俗的幸福時光，有人說他看破了紅塵，想到廟裡出家。我拿這傳說問他，他冷哼一聲說，「出家何必到廟裡？我在家過的日字，不也像出家？我住的地方就是個破廟嘛！」

他又回復了憂鬱的笑，更沉默，背也更駝了。

那年之後，他在那個所謂的破廟裡繼續堅守著自己的孤獨城堡，直至二〇〇七年二月十六日以八十之齡告別人世。

如果對於美與眞誠的檢驗不是那麼嚴苛，也許舒暢也可以過著世俗的幸福生活吧。然而，人生實難，絕對的眞誠不一定有絕對的美，絕對的美也不一定有絕對的眞誠，高懸的標準往往免不了是孤寂無可與言的。在我們生活的周遭，這樣的弔詭層出不窮，有的人以悲劇收場，有的人就像舒暢，冷哼幾聲之後仍是一把硬骨頭。

舒暢去世之後，我才在劉慕沙的悼文裡知道，他出身湖北漢陽一個富裕的財主家庭，且是家中獨子，從小備受家人驕寵；就讀國立水產學校時愛上一個美麗的女同學瀟湘，畢業後結婚生子，兩人過了一段十分快樂幸福的日子。後來因爲從軍，隨著部隊越走越遠，二十一歲越海來台後即兩岸分隔，天涯夢斷；自嘲「我比別人提早享盡福分，如今是在還債。」——他來台早期的孤身自持，想必是難以忘懷瀟湘和孩子的身影吧？後來的短暫春夢，已是來台二十多年後的事了。

3.

舒暢的生活經歷，是一九四九年前後自大陸隨軍來台者的部分縮影：他們大多年紀輕，軍階低，生活窘困，苦悶無依。他的第六本書《院中故事》，呈顯的就是孤身者的心靈切片。書中七篇作品發表於四十八歲（一九七六）至五十二歲（一九八〇），正是他短篇創作的高峰期。那些切片，有的被他擴大檢驗，有的則被縮小描摹；有時十分寫實，有時又十分幻化，使讀者在閱讀之時增加了懸疑的趣味，也延伸了想像的空間。

舒暢在《院中故事》告訴我們的第一個意象是：早年的大院建在廢墟及垃圾之上，而今則被視爲精神病院或木乃伊陳列館。廢墟、垃圾是殘破的生命底層，精神病院、木乃伊陳列館是扭曲的人世邊緣，這個淒涼而凝重的意象，其實來自一段眞實生活的歷史延伸，讓人不勝感慨。

二次大戰末期，美國戰鬥機曾於一九四五年三月至五月底對台北各大政府機構及軍事重地展開大轟炸，傷亡十分慘重。大院原址當時是日軍存放彈藥軍械的倉庫，當然難逃浩劫；而且遭到的轟炸可能是會引發大火的黃磷燒夷彈，因此，「雖然過去快半個世紀，我們經常在泥土裡，會發現零星腐銹的碎彈片，以及在陰雨的深夜裡，地層下散發起來一陣陣硝磺的氣息，往往令人又置身那些戰亂的日子了。」

二戰結束後，戰爭廢墟成了城市垃圾場，凌亂惡臭，雜草叢生。過了一段長時間，「推平了垃圾，建起了這紅磚院牆的大雜院。然而住在這裡面的人，也是從二次大戰的槍林彈雨，以及從炸彈下逃過來的劫後餘生，有好些身上還烙著當年掛彩的傷痕，甚至有的身體裡還留著沒取出來的碎彈片。」——那是國民黨政府撤退來台後的事了。

大院建立的早期，大多四個人住一間，十分擁擠。後來，有的人成家搬了出去，有的人已經老死異鄉，「慢慢變成一兩個佔一間了，甚至有的全空著。…現在假如誰頭一次跨進這院子，或者經過院門外，都是滿臉不安的狐疑，匆匆的離去。……這裡幾乎每天在每個人身上，都會有層出不窮的故事，……聽起來往往令人產生一些鬼魅般的不安，就像我們走進唐朝歷史裡，有些事即將發生在自己身上，或者恍惚自己就是故事中的參與者。」

《院中故事》的空間背景，應該就是舒暢住了大半輩子的那個軍部大院。他是故事的旁觀者，參與者；更重要的，他是敘述者與呈現者。通過這四個層次的重疊與轉換，那個只有孤身者才能入住的大院形象，以及其中來來去去的紛紜過客，生活的寂寞，無告，悲怨；人性的自私，脆弱，殘忍，一一如影片般重現在我們眼前。

《院中故事》的時間背景，則是依循歷史脈絡的進展，從三人或兩人一間發展到一人一間。第一篇〈老丁・狗〉：「阮理和結婚搬走後，五五號房只剩下我和老何了。」——後來又搬進了老丁和他偷來的變形狗莉莉，展開一個扭曲而詭異的故事。第二篇〈禿子江的假髮〉：「大家跑出了交誼廳，趕到四十六號房門口，原先看熱鬧的雖然還沒有散去，可是老葛和禿子的一場架已經打完了。」——那是愛喝愛嫖愛戴假髮的禿子江，最後拿掉假髮面對法律以及一個新生嬰兒的故事。第三篇〈馬夫子的生生死死〉：「管理員從派出所回來，本來就要處理馬夫子的善後，聽到大家的那些議論和推測，手上的那支菸都還沒點燃，就趕往二十號房裡去看個究竟。馬夫子和小山東雖說同住一間房，他們在中間加了一道木板隔牆，就變成一人一間了。」——那是領了退休俸就提著箱子四處雲遊的馬夫子，意外被誤判死亡的荒謬悲喜劇。第四篇〈答案〉：「五十號房的閔明德，每半年領的退休俸，多半花在那些歌廳舞廳，以及那些風月場合了；身子跟著也掏空了。」——那是患有肝硬化的閔明德，爲了尋找遺落在大陸的兒子，每天在報上看尋人啓事而衍生的故事。第五篇〈群魅〉：「這事把全院子鬧得不安寧，深更半夜都從床上驚起來了。」管理員站起身，扔下菸頭對女孩說，「我現在帶妳到『號外』去歇一晚，事情明天再解決好了。」——那是偶然來到大院又神祕離去的一個青春幻滅的故事。第六篇〈症〉，寫老周罹患怪病被醫院一再要求住院接受種種檢驗的故事。雖未寫明老周的房號，卻藉著管理員之口說出一句「大院名言」：我們這些連皇帝都不想幹的人，不在意那些物質上的享受，我們只圖個自由自在。最後一篇〈酋長的歸去〉：「酋長仍舊住進院子東邊，靠牆的一間獨立小屋裡……。」——那是全書最特殊的一篇，敘述一個原住民堅守祖先文化，無法接受漢人法規而犯罪殺人來到大院服勞役的故事。

4.

但是《院中故事》裡最震撼人心也最讓人低迴的故事不是發生在編有號碼的房間，而是在更邊緣的，連號碼都沒有的「號外」。在那裡，舒暢把大院與「號外」的層次推向更尖銳的對比：大院雖是社會的邊緣，相對於在大院邊緣的「號外」及其死亡與流離，享有號碼的院民無疑是更安定而且更幸運的。

到了我們這排房子盡頭，我跟著他那樣望過去一眼，只有那一間魚鱗板的小屋，跟這邊三排房子，隔了一條水泥路和停車場，緊貼住那邊的院牆，更是顯孤零了。……由於它沒有編上房間的號碼，大家叫那裡是「號外」了。……在今年過春節沒幾天，裡面傳出屍臭味後，才發覺老雷在裡面上吊了。從那以後就封閉了窗門……，就是在大白天也是陰森森的。

老雷自殺之後是老丁，他和他的狗莉莉難容於五十五號而不得不住進「號外」。在那裡，完全被孤立的老丁，因爲忌妒莉莉與一隻黑狗交媾，竟在痛打黑狗之後殺了牠，吃了牠，丟下莉莉不知去向。管理員破門而入後，見到上次老雷上吊的地方掛著黑狗的皮，地上淌著一大灘黑色的淤血，鐵鍋裡是剩下大半鍋發了黑的腐肉。但是，「不見老丁回來後，沒人去打聽他的下落，就像他來到這裡也沒人追問他的來處。管理員把號外裡清掃後，修好房門換了一把新鎖。」

接下來的「號外」故事，更爲離奇也更弔詭。大院是單身宿舍，管理員因恐引發感情紛爭，本是規定會客女眾不得入內的。但是「號外」卻曾住進兩名年齡、容貌各異的女性，爲大院掀起了巨大的情緒波濤。第一個住進「號外」的女性，是長相醜怪的一聲啞。她懷了禿子江的孩子後，一無所有的禿子江幾次想要逃避責任，後來卻把她私藏在「號外」，並且爲了替她添購衣物待產而四處行竊。他被捕的第二天，一聲啞在「號外」生下男嬰，禿子江拿掉假髮去坐牢，管理員把一聲啞和嬰兒送到婦產科醫院去。「號外」雖是大院的邊緣，至少是一聲啞和嬰兒的庇護所，離開「號外」之後，他們面對的生存挑戰可能是更嚴酷而悲慘的。

另一個住進「號外」的女性是〈群魅〉裡的小影，她帶著幾件衣服和一隻白貓，突然來到大院說要找失蹤十年的叔叔。沒人承認是她叔叔，她不肯離去，管理員只好讓她在「號外」暫住。小影「像隻花蝴蝶，隨意滿院子飛來飛去，聲音也像畫眉的叫聲，嘹喨地到處飛響。」她認了管理員做乾爹，也爲沉寂衰老的大院帶來青春和歡笑。後來她卻又說，她不是小影，是小蝶，在尋找離散多年的丈夫，和敘述者「我」演出一齣虛幻而且虛無的尋人劇之後無聲離去。「影」或「蝶」都只是「號外」的短暫過客，離開了「號外」之後，哪裡才是她眞正的歸途？

我想起那天傍晚，她從草地上走回房裡，仰望天空自語的情景，就像《花落鶯啼春》裡的西蓓，最後孤獨的走在街頭上，嘴裡唸著那句話：「我沒有名字，我什麼都不是……。」

《花落鶯啼春》是法國電影，敘述一個戰爭受難者及一個被遺棄少女之間相互尋愛與幻滅的故事，一九六二年一月首映，同年獲第三十五屆奧斯卡最佳外語片獎。舒暢對那部電影念念不忘，時隔十五年之後的一九七八年四月發表〈群魅〉，以西蓓那句呢喃作爲全篇結尾，想必是有其深意的。

5.

是的，「我沒有名字，我什麼都不是。」在已逝的歷史冊頁裡，那些被時代遺忘了的，在大院度過鬱鬱殘生，或在「號外」悲慘離去的人，確是「我沒有名字，我什麼都不是。」但是，舒暢的眼睛看見了他們，看見那些在歷史冊頁裡沒有名字的人，在生命裡也曾有過多麼千迴百轉，值得我們細細思量的故事！

二〇〇八年五月一～二日《聯合報》副刊與五月號《文訊》月刊二七一期同步發表

一個小而大的世界

——序吳念真散文集《針線盒》

1.

我對念眞的最新認識，是去年十月三十一日晚上，坐在電視機前觀看在高雄舉行的第十八屆金馬獎頒獎典禮。我平常極少看電視，那天晚上可說是爲了關心念眞而守著電視的；因爲早知道他編的電影劇本《同班同學》和另二人同獲最佳原作劇本獎提名。

在頒獎典禮之前，各方的揣測大都看好念眞，我坐在電視機前其實不是在等結果，而只是等著看念眞上台領獎會說些什麼。有些人不管得什麼獎，上了台除了一大串的鞠躬和謝謝，似乎說不出什麼智慧的話。而念眞，我相信他該有點兒不同。

念眞在輔大夜間部念了五年會計，前三年在台北市立療養院圖書館工作；前年年初正式到中影編審組工作，曾說離畢業一年多，對「編劇」一事不妨「玩票試試」。如今他已畢業，玩票似乎越玩越起勁，而且得到國內編劇家最高榮譽的肯定。

那晚我坐在電視機前，幾乎可以想像到他從座位走向講台那一小段路途的心情。它絕不可能是極端興奮以至於忘我的一片空白；在興奮之中，他一定有著許多感懷、感謝、自省和自許的。那一小段路的心情，也幾乎可象徵他十六歲離開金瓜石礦區到城市奮鬥這些年來的心路歷程吧？

我認識念眞——認識他的作品——是在民國六十五年，我負責替「書評書目」社編年度小說，很認眞的讀過那一年發表的大部分短篇小說，當然也包括了念眞的六篇作品；其中的《婚禮》，後來選入了《六十五年短篇小說選》。這本選集在六十六年春天出版後，我約請了住在台北的幾位作者到我家小聚，那是我第一次見到念眞。他看來瘦小黝黑，神情有點羞澀拘謹；在拘謹中流露著一種不斷在和生活、理想搏鬥的剛毅和勇氣。在和朋友言談時，他則流露了坦誠的率眞和熱情；談到痛快的事會拍手、擊掌；談到痛恨的事也會口出三字經。

但是十月三十一日的晚上，他穿著齊整的西裝，泰然走向受獎台，看來完全的長大和成熟了，羞澀拘謹的神情已隨歲月消失；剛毅、勇氣的神情則被時光雕琢得更爲清晰煥然。他捧著獎杯說了三句以「如果」開頭的講詞：

如果它是榮譽，請把這份榮譽獻給林清介導演，和他那一群可愛的演員。

如果它是鼓勵，我將接受，並感謝明驥總經理，是他導引我從事電影工作；還有我的父母、弟妹、未婚妻，感謝他們對我的鼓勵、關懷和容忍。

如果它是希望，願它引導我們追求理想。

這幾句話確實和別的得獎者大異其趣。我這幾年對他的了解大概沒錯；念眞總不會讓我們失望的！

2.

韓國有一個著名的小說家黃順元，出生於一九一五年，青年時代出版過兩部詩集，後來則以小說奠定崇高地位；和金東里、安壽吉並稱爲現代韓國小說三大主流人物。成爲小說家後，據說黃順元堅持一個寫作原則：除了小說，什麼別的都不寫！

一個作家如果能長期堅持這樣的原則，擺出理念鮮明的姿勢，未嘗不是一種幸福：他可以拒絕；不，甚至連拒絕都不必，人家知道他只寫小說，自然的不去約請他寫他不想寫的文章了。

我引述這件事，並不是暗示如果我早就擺出黃順元那種姿勢，今天就可以拒絕爲念眞的第一本散文集寫序。正好相反，我想說的是：作爲一個小說家，我羨慕並尊敬黃順元的原則，但並不同意他所堅持的那個姿勢；至少，我自己做不到這一點。如果現實容我也有所堅持和選擇的話，我堅持寫小說之外還寫散文；因爲有許多的話、許多的感悟，是只能以散文的形式剖白，無法在小說中作直接表露與言詮的。

關於小說；或者，關於詩、關於散文、關於戲劇等等各類的文學表現形式，自來有許多界定的理論與流派，毋庸我贅加引述。我想說的只是純粹的自我的觀點。最近的幾年——當我自民國六十一年開始寫散文後——我常被人問及寫小說和寫散文有什麼不同？我的答覆總是很簡單：小說可以假，散文假不得！如果要更進一步闡釋，我認爲小說是「大我的文學」，散文則是「小我的文學」；小說要寫的是更大的背景裡，更多人更深沉的理念、情緒、慾望、憧憬，小說家即使想化身在作品裡「自說自話」，也往往囿於小說的藝術形式——如果他夠聰明的話——而不得不躲躲藏藏、加以虛飾，無法暢所欲言。此所以，有些散文家也許終其一生沒有寫過小說，但小說家終其一生沒有寫過散文的則不多。我想，原因無他：爲求暢所欲言耳！我這樣說，並非意指小說家在他的小說作品中不能暢達個人理念，而是指不能暢達個人情感；亦即在照顧「大我」之際，無法完全的兼顧「小我」。小說有更大的企圖與責任，是爲更多的「他人」而寫的，而散文要寫的只是「我自己或我身邊的人與事」，因此，散文的寫作對象常常只是「我、我的家人、我的親戚朋友同事鄰居、我養的植物和小動物、我的閱讀、我涉足的山水」等等。這些對象，和「我」一定有相當程度的親密感情和誠摯的依存關係，「我」在書寫之際，才能自然而眞實的流露出這些可貴的特質。因此，沒有寫出感人之情——與人之情、與物之情、與天地自然之情——的散文，我是看不下去的；對於那些情感虛僞、內容無物，只以歌詠的形容詞和感傷的驚嘆號堆砌起來的「散文，我在看不下去之餘，還會覺得肉麻和噁心的。

念眞寫了近十年的小說，出版過《抓住一個春天》、《邊秋一雁聲》兩本小說集，似乎也體會到了一些無法以小說言詮的人生種切，開始了他的散文創作。我前面所說，念眞總不會讓我們失望的，擺在我們面前的《針線盒》，如就組合散文的要件去看它，也許還不夠沉穩、精簡，但至少沒有我所說的那些缺點。

「針線盒」，乍一看，許多人一定心想：「女人之用物，男人所不取」，但念眞以之作爲專欄名稱，又以之作爲書名，恰見其巧思與睿智；也顯示了一個散文作者精確獨到的取材能力。「針線盒」是每個家庭都有的東西，常常被擺在隱蔽的角落，在過去成衣業不發達的時代，有多少衣服是母親在「針線盒」旁一針針縫補的？母親左手執衣、右手縫補，在「針線盒」旁低著頭的樣子是多少人心目中或記憶裡最溫暖最感念的母親形象？「針線盒」是小物件，但它包容了多少實質的愛與深厚的情意？念眞的眼睛與心思，清清楚楚的看到了這些，清清楚楚的寫了出來。而且，他還賦予了「針線盒」更廣闊更高層次的象徵意義，認爲作家寫作所應做的種種準備工作也像個「針線盒」；應是無所不包，無所不容。作家的觀察詳盡，心中有個像百寶箱般的「針線盒」，則人世的廣闊天地皆可神遊馳騁；人世的美好與不美好，亦皆可了然於心。凡此種種，能再經過濾、平衡、組織而寫就的作品，當不致無病呻吟了。

說到無病呻吟，回想一下念眞發表過的小說，有許多都和「病」有關。如〈醫者〉、〈不詳女一二三〉、〈邊秋一雁聲〉、〈病房〉……，這或許因爲他過去在台北市立療養院工作吧？這些作品，都是因「病」而寫，不是無病呻吟。我把〈病房〉選入《六十八年短篇小說選》後，曾經翻譯陳若曦《尹縣長》的葛浩文先生很欣賞這一篇，有意譯成英文給「中國筆會」季刊發表，但最後未能如願。葛先生說，有人婉轉的告訴他，〈病房〉所寫的那些背景和人物太不健康了……。我很爲這個結局扼腕。如果這種界定作品的理由合乎健康的生存之道的話，是否「凡不健康者皆眼不見爲淨」？不健康的人不要去看醫生，不健康的蔬菜任其萎敗，不健康的雞鴨讓牠們待斃？我相信，五歲的小孩也不認爲這個推論是對的。同時我相信，小說家所寫的「病」，不管是個人或社會的，出發點皆在於一種洞燭機先的愛與關切，希望大家看到了「病狀」，知道如何「避免患相同的病」，或如何「設法去醫病」。而念眞，我相信他是有這種急切心腸的。

《針線盒》裡的這些散文，有許多篇也同樣表現了這種「診病」的急切心腸。中醫看病要先把脈，西醫看病要先聽診，兩者都需要經驗和耐心才能找出病源。念眞還年輕，經驗是有一些，耐心怕還不足；也或者這些篇章當初都爲了配合專欄的發表時間和字數，所以有些地方讀來有上氣不接下氣之感。就散文的組合要素來說，這本身也是一種「病」——亦即我前面所說的「不夠沉穩」。我對散文的要求之一是：不管你要表白的是什麼，文字和語句要先能讓人覺得「神閒氣定」；越能如此越能把要表白的意思說得清楚、說得有力，並讓人覺得有理而且心服。在這方面，念眞還需要磨練；如果他同意散文並不只是一種「工具」的話。

去年十二月十九日，念眞在「而立之年」結婚了，新娘高明瑞是一位護士。護士在醫院要跟藥箱打交道，回到家免不了要接近「針線盒」。我相信他們對新家庭的「針線盒」會更爲寶愛；而且我相信，凡心中有個「針線盒」的人，所要細心縫補的，也絕不只是衣服而已。願與念眞共勉。

一九八二年元月十二日

轉生與往生
——文學獎頒獎典禮二則

轉生

1.

那天下午我遲到了十分鐘。入門瞥見後兩排靠走道有個空位急步過去，那麼巧，旁邊坐的是久未見面的N。兩人微微相視一笑，一時不知說些什麼。刹那的交會之中，從她的眼神裡，我看到年輕的F的影子在我們彼此的記憶裡如光閃過。禮堂裡熱哄哄飄浮著喜氣，得獎者和來賓笑語交錯，而我和N，繼續微微的笑著，等著時報文學獎頒獎典禮開始。

就在那沉默的等待裡，越過久遠的時光和記憶，越過禮堂裡嗡嗡營營的人聲，眞實的F的影子，忽然，不可思議的，竟然在我們的眼前，出現了！

好久不見。F走到我身邊，微傾著上身低聲說道。

N也發現了他，似乎有點驚慌，隨即浮起微微的笑容。

我注視著N清澈的眼睛，在那清澈裡又看到年輕的F的影子閃過。然而，像夢那樣不眞實，又像夢裡的驚喜那樣眞實，站在我們眼前的，確是那個消失了很久的，如今已經步入中年的F。

2.

N和F青年時代是我的同事。N大學畢業不久就到報社跑文化新聞，F則是副刊編輯。F常說起N，說他們一起做的事，說未來生涯裡的規畫。F的氣質有一種聰明人的樸直，發表第一篇作品就被選入年度小說。也因那篇作品，我請他來做副刊編輯。然而因爲健康問題，F後來辭職回苗栗老家，做一家新報紙的地方記者，清簡養身度日；N則出國留學，從此失了他們的訊息。

這是近二十年前的事情。

過了幾年，聽說N已回國，進入另一個報社做編輯，並且開始創作，發表小說和散文。小說可以不斷變身和隱藏，散文往往顯露眞實生活的一角。N的散文常寫親人，偶而浮現丈夫和兒子的身影，原來她已結婚做了母親。但她散文裡的丈夫，顯然不是我所認識的F。如此，年輕的F和N的故事，成了流轉歲月裡的愛情變奏。

3.

然而F似乎失蹤了。

聽說他離開了苗栗老家，卻沒人知道他去了哪裡，也沒看到他發表作品。也許他到深山隱居，有一天突然帶著一疊稿件歸來……。偶而想起F，我總是這麼盼望著，不相信那個有才華的青年會永遠消失。

終於有一天，我又接到F的電話，說他從國外回來，請我去新光頂樓吃午飯。此起彼落的敘舊之間，才知道他去北美多年，交了個女友是華僑之女，在一家華文報紙做編輯。我們坐在窗邊的高腳椅上，F的雙腳不時隨著話語擺盪，依然一副頑童模樣。我問他還寫小說嗎？他說偶而在寫，卻總難以成篇；即使成篇也不滿意，沒拿出來發表。四十五樓高的玻璃窗外，是亮得無有邊際的天空，天空裡遊走著幾絲似乎灰白的雲，F嘆了一口氣說，在異國生活，很難啊。然而，他已訂好回程機票，過幾天還是要回到那索然的國度。

一個年輕的華人長居美洲大陸，以後還會以華文寫作嗎？那個有才華的寫作者，以後是否不再回來了？從四十五層高的頂樓降到車聲喧囂的地面和F揮別時，我的手臂如一個沉重的問號，血脈裡緩緩流過憂傷。

這是十年前的事情。

此後F又音訊全無。

4.

終於，F又回來了。

我輕聲問道，什麼時候回來的？F說，已回來三年，往返於兩岸營生。說完繞過後排走至靠窗的走道，和幾個年輕人依序站立。在走道的前方，司儀陸續唱名，請貴賓和長官上台致詞，頒獎。輪到我頒的散文獎項時，司儀說，請得獎人上台，F昂首往前直走。得獎名單裡並無F的名字，但是他已走到了台上。

然後司儀唱我的名，叫我上台頒獎。

原來F已經改名H，就是那個首獎得主。

那天是我的農曆生日（無人知曉），我把首獎獎座頒給了F（或者H），彷彿頒給自己一份珍貴的生日禮物（此生難再複製）。

往生

1.

一周之後，是台北文學獎頒獎典禮。

那天下午我早到了十分鐘，希望清志也已經到了，可以在頒獎之前和他多說幾句話。清志是散文優選獎得主，那麼巧，我被指定爲散文獎頒獎人。七月初我們曾同遊河南看古蹟，兩個禮拜後回到桃園機場一別，已近半年沒有見面。一年將盡，能在這個典禮重逢並頒獎給他，我的心底流盪著人間因緣的奇妙和欣悅。

但是清志還沒到來。得獎人及親友陸續入場，我不時轉身張望，偌大一個禮堂裡，三三兩兩一些熟悉臉孔，就是看不到清志那瘦弱的身影。也許有什麼事情耽擱了吧，我想。讀哲學的清志，雖然脾性有時孤僻，總不至於不來領這個獎的。

然後馬英九市長和廖咸浩局長來了，他們次日就要卸任，特別來參加任內最後一場文學盛會。典禮就要開始，我不便再頻頻站起來搜尋清志的身影。也許他已經來了，坐在後面的位子上，等一下就會在台上相見的，那時一定要緊緊的握著他的手，大聲的說，加油啊！

然而輪到頒發散文獎時，陸續上台的是一個個陌生的臉孔，我所熟識的清志，確實不在其中。司儀叫我上台頒獎，首獎，優選，佳作……，一共十二面獎牌，一時難以分辨有沒有人代替清志領獎或誰來代他領獎。難掩失望的，幾近慌亂的，走下台的我一直想著清志，想著他有什麼理由不來領這個獎？

2.

那晚回到家，先讀得獎作品集裡清志那篇〈饕餮紋身〉。題目很有創意，寫他三年前罹患乾癬的治療過程與心情轉折。這病讓他感冒難癒，夜夢盜汗，遍身紅疹，「病因或說是遺傳基因，或說是免疫系統失調」；「一旦發作，終身相隨，只能控制，無法根治。」後來病情獲得控制，清志「感覺自己的身體，歷經一場激情革命，」於結尾之處慶幸「此身仍在。」

然後我給清志打電話。家裡響十聲沒人接。再打手機，十聲之後傳來陌生的男聲。我說要找清志，對方問我有什麼事，我說下午很興奮的要去頒獎給他，爲什麼他沒去？對方問明我的身分，低沉的說道：「我是清志的哥哥，他住院了。」他說，清志是隱球菌引發腦膜炎，在加護病房昏迷了三天，剛清醒不久，還無法言語；「醫生說，未來兩個禮拜都還是危險期……。」

哦，腦膜炎！二十年前，麗如春花的嫻也是腦膜炎！那時她大學畢業剛到一家文學雜誌做編輯，常來我家和我談寫作，我幫她介紹了L，但兩人認識不久她就因隱球菌腦膜炎住院半年。據說她家附近有幾座鴿舍，鴿糞裡的隱球菌隨風飄浮，免疫力弱的人吸入即易引發腦膜炎。

如今嫻已中年。因爲腦神經受損，生活靠堅強的母親照顧，現在仍每天快樂的讀報看電視唱歌寫日記。清志因乾癬體質免疫力弱致遭感染，但住院四天已清醒，「此身仍在」，應該復元得比嫻更快更好吧。

3.

第二天我打電話給同遊河南的鳳凰，她在成大教書，也很關心清志的病況，約定周末她回台北再同去探望，希望那時清志已出加護病房。然而周三中午，離我與清志的哥哥通電話僅僅三天，三十四歲的清志，竟爾倉卒離了人世！

我與清志結緣，不過是近三年的事。他在《印刻文學生活誌》擔任主編，每次打電話來約稿總是溫和有禮，說著說著就呵呵笑出聲，聽起來很善良健康的聲音。後來因爲製作李喬專輯，清志請我去明星咖啡館和李喬對談，終於初次相見。出乎意料的，清志看起來不是很健康，臉色沉黯皮膚粗糙，和一般男性的體型相較也顯得矮小瘦弱。雖然仍親切的呵呵笑著，在純眞的笑容裡似乎鑲嵌著一層憂愁。（原來正受著乾癬之苦！）

那時清志已出過一本小說一本散文，暇時也繼續著創作。〇五年八月，清志因乾癬及摯友S病重，身心俱疲辭職。不久遠赴歐洲旅遊，回來後發表的作品裡還提及旅途上對已逝的S的懷念。次年七月初有個機會去河南看殷商遺址等古蹟，我約清志與鳳凰等友人同行。清志在行程中偶而說他晚上失眠，感冒頭痛，但一路上仍很認眞的讀書，寫筆記，拍照，買影碟，說他的新書快出版了……。

4.

七月十二日回到台北清志即腹瀉不止，昏睡數日，七月十七日才有精神傳照片給我們。七月二十七日，清志的第三本書《告別的年代》出版。封底文案：全書皆圍繞著同一主題：別離與失去。輯一「秋天的告別：告別安逸」；輯二「寂地曇花：告別愛情」；輯三「幽冥書簡：告別故人」。十二月二十七日中午得知清志彌留，正由家人護返宜蘭，我找出《告別的年代》重新翻閱。就在清志最後一次返鄉途中，翻到最後一篇〈與S一起回家〉：清志辭職次日，S病逝台北，骨灰送返宜蘭；「隨著父母親人，落土歸根，這雙重的回家，或許是最圓滿的結局了吧。」——這是全書的末句。

重讀這個結尾，除了淚水唯有嘆息。生命之路蜿蜒著重重曲折與暗合，清志的最後一本書，從書名到內容，豈不是冥冥中對人世的悠悠告別？而最後那一句，豈不也彷彿描摹著自己一年後的返鄉之途！
「落土歸根」，願清志安息。

二〇〇七年一月十四日《中國時報》人間副刊

巴金的最痛

巴金晚年有三項最痛。一是他的妻子蕭珊及無數中國人在文革中備受折磨而死，建議中共成立「國家文革博物館」而未果。二是必須「為別人而活」；希望不再續任中國作家協會主席而未果。三是纏綿病榻生不如死，請求安樂死而未果。

相對於三項最痛，巴金則有兩項空前紀錄。一、他是近代中國最長壽的作家；晚年名言「長壽是一種懲罰」傳遍海內外。二、他是世界各國在位最久的國家寫作協會主席：從一九八一年四月代理主席，十二月眞除，至二〇〇五年十月十七日去世為止，前後長達二十四年！一九九三年九月他在給老友吳克剛的信中說：「過去的事我大都記得，但是講不清楚，也寫不出來。」後來他的巴金森氏症越來越嚴重，大多時間住在醫院或處於昏迷狀態，卻依然一屆又一屆被中國作協選為主席！甚至也被選為中國政協副主席！

巴金並不需要「中國作協主席」或「中國政協副主席」這類黃金打造的帽子，但是中國，需要巴金這顆經過五四與文革千錘百鍊的鑽石來光耀門面！

巴金本名李堯棠，字芾甘，成都外語學校肄業；原籍浙江嘉興，高祖入蜀爲幕後即定居四川。其父李道河做過四川廣元知縣，有四弟一妹。一九〇四年巴金在成都出生時，三代同堂，大家庭中有二十多個長輩，三十多個堂兄弟姊妹，五十多個傭人。但他十歲喪母，十一歲父再娶，十三歲喪父，家道漸中落；繼母及一兄兩姊兩弟三妹與他自己，都由大哥照顧生活。一九二〇年祖父去世，大家庭紛爭不已，大哥因而於一九三一年自殺。

一九二七年一月巴金赴法國遊學，二月得知大家庭破產，開始寫他的第一個中篇〈滅亡〉；次年十二月回國，一九三一年在上海出版。爲了紀念大哥，他以家族爲雛型寫第一部長篇《家》；「向一個垂死的制度叫出我底『我控訴』。」一九三三年出版時巴金才二十九歲。之後陸續出版《春》、《秋》，合稱「激流三部曲」，奠定了他的文壇地位。一九二八至四七年間，他發表了二十多部中長篇小說，七十多篇短篇小說，二十多部譯作及眾多散文隨筆。和大部分三〇年代中國作家一樣，巴金一生最重要的小說都寫於一九四九年解放之前。

解放之後，巴金被迫「寫過一些符合政治要求的違心之論」；一九七六年文革結束後曾在一篇隨筆裡感嘆「十七年中沒有寫出一篇讓自己滿意的作品」。他晚年最滿意、也被認爲最重要的作品，是從七十四歲（一九七八）寫到八十二歲（一九八六）的《隨想錄》；開筆序言即云：「它們都不是四平八穩，無病呻吟，不痛不癢，人云亦云，說了等於不說的話，寫了等於不寫的文章。那麼就讓它們留下來，作爲一聲無力的叫喊，參加偉大的『百家爭鳴』

吧。」這一百五十篇隨筆，寫家人，友人，閱讀，遊歷，「解剖自己，懺悔，給良心一個交代」；並「對文革作出個人的反省」；其中以〈懷念蕭珊〉一篇最爲膾炙人口。

蕭珊原名陳蘊珍，浙江寧波人，是巴金的讀者，兩人相差十三歲，一九四四年在貴陽結婚。蕭珊曾就讀昆明西南聯大外文系，翻譯過屠格涅夫中篇小說《初戀》等書。他們的長女李小林，現任上海文學月刊《收穫》主編；兒子筆名李曉，是小說家，在上海政協工作。文革期間，巴金因出身黑五類、非共產黨員及信仰無政府主義，被戴上「黑老K」的帽子；蕭珊則成了「巴金的臭婆娘」，兩人都備受折磨。一九七二年蕭珊生病未獲醫治，拖到發現腸癌請求住院也未獲准，終至蔓延爲肝癌而亡。巴金在〈懷念蕭珊〉裡，實踐他晚年力倡的「說眞話」理念，寫他與蕭珊的結緣，生活，屈辱與受難，罹病與死亡：「在那些年代，每當我落在困苦的境地裡、朋友們各奔前程的時候，她總是親切地在我的耳邊說：『不要難過，我不會離開你，我在你的身邊。』只有在她最後一次進手術室之前她才說過這樣一句：『我們要分別了。』」「她是我的生命的一部分，她的骨灰裡有我的淚和血。」一九七九年〈懷念蕭珊〉在香港《大公報》發表後備受矚目，全球重要華文媒體爭相轉載，傳誦一時。一九八四年〈再憶蕭珊〉，巴金更眞摯的說：「我的骨灰將同她的骨灰攪拌在一起，灑在園中，給花樹做肥料。」

現在，全世界關心巴金的讀者都可以鬆下一口氣說：巴金的最痛，終於結束了！但願，他眞摯的期盼不會成爲遺憾。

二〇〇五年十月十八日《中國時報》六版巴金去世專輯

人血不是胭脂
——哀思劉賓雁先生

今年年初，流亡美國的鄭義和蘇煒等人，集結了三十多位流亡海外的中國作家，寫了許多與流亡生活及流亡心靈有關的文章，準備出版《不死的流亡者》一書，作爲他們的精神領袖劉賓雁先生八十大壽的賀禮（他的生日是農曆元宵節）。但是在接洽香港一位出版朋友的過程中，對方表現了出版的意願，卻也隱喩了他所面對的心理負擔；擔心在製版過程中被中共人士發現而中途夭折。我在一九八九年主編「人間」副刊時曾負責接待劉先生訪問台灣，聽到這個消息，我的第一個反應是：讓《不死的流亡者》在台灣出版。打電話給印刻出版總編輯初安民先生告知此事，他二話不說就答應了，終於讓劉賓雁在二月二十七日祝壽會當天看到了《不死的流亡者》一書。

這是一個小小的故事，背後隱藏的卻是近二十年來流亡海外中國作家的深沉悲歌。

劉賓雁作爲當代中國最傑出的報導文學作家，一生出版過很多作品。但也因爲作品中那此對中共制度違反人性的指控，那些秉於人道和良心，對第一種忠誠或第二種忠誠的質疑，使他最後成爲一個有國歸不得，竟而客死異國的流亡者。在香港回歸中國懷抱之後，甚至要爲他在當地出版一本祝賀文集，都必須提心吊膽。我打電話向他賀壽說起這件事時，當時已爲癌症所困的他，竟只輕聲的笑著說：「這沒什麼，我都習慣了。」一九八二年他在美國愛荷華大學接受香港《七十年代》月刊總編輯李怡訪問時曾說：「我的家庭，我的歷史都沒有任何問題，所以我從不相信共產黨會整我，沒有想到我會成爲共產黨的階下囚……。」但是在中國，沒有想到的事情都發生了。

劉賓雁的名著之一名爲《人血不是胭脂》。我常常想起這幾個字。現在聽說了他離世的消息，想的還是這幾個字。以後的中國人，有良心有道義的人，也會永遠記住並思索這幾個字的。

願賓雁先生安息。

二〇〇五年十二月五日晚上得知劉賓雁先生去世之後應《中國時報》之約匆匆完成此文；次日於文化藝術版配合劉先生辭世新聞發表。

驚悚的・愛・書・故事

我本以爲這是一本說書的故事。後來才發現，書在這個故事裡只是一種被物化了的道具。更明確一點說，那些書彷彿是在倫敦與拉丁美洲之間搭起的一座橋樑，作者多明格茲想告訴我們的，其實是懸在兩端的，一個悲慘的，詭異的，愛的故事。

多明格茲的文字簡潔流暢，敘述手法看似平淡，情節鋪展卻步步爲營，從一個劍橋大學女教授布魯瑪的車禍死亡開始，幾乎每個段落都藏著神祕玄機，有如一部驚悚的偵探小說。穿梭其間的經典書名，作家之名，鉅細靡遺的注解，以及各種特殊的閱讀儀式與偏執的藏書癖好，不但豐富了我們的視野，也帶給我們閱讀旅行的莫大樂趣。但多明格茲的終極企圖，是透過隱藏其間的人性追逐以及結尾的愛情悲劇，嘲諷了學者的傲慢身段，藏書家的僵化思惟。讀破萬卷書，最難讀透的，豈不是人生這部大書！

二〇〇六年五月，《住在紙房子裡的人》推薦序

在漂旅之途嘆息

一本書的目錄像一個人的五官。看書先看目錄，就像看人先看五官。許多讀者或許和我一樣，看完目錄再決定先看哪一篇。那麼，本書第三輯「異域感思」第二篇〈與張愛玲擦肩而過〉，可能是多數讀者的首選。它在「人間」副刊發表時我已看過，這次在書裡重讀，還是覺得氣韻婉約而意象鮮明。少聰曾和張愛玲在柏克萊加大「中國研究中心」共事；「方圓十呎之空間內，我們扮演了將近一年的啞劇。」少聰文筆凝練，寫意寫景寫情皆疏落有致，淡淡幾筆就讓一個靜默來去如遊魂的靈魂重現讀者眼前。一九九五年張愛玲去世後，和她有過實際往還者紛紛撰寫追憶散文，但以少聰這篇遲來之作的角度最爲特殊；迂迴曲折，似近實遠，留給讀者的印象也最爲深刻。

但我首先翻閱的是作爲書名的〈有一道河從中間流過〉。全書三輯合計二十七篇散文，作者以本篇爲書名，想必有其深意。看到副題「愛荷華憶往」，瞬間了然於心。三十年前她和殷允芃、白先勇、楊牧等人在愛荷華大學讀碩士，認識了保羅・安格爾和聶華苓。三十年後，她陪殷允芃回母校接受「傑出校友榮譽獎狀」，重逢聶華苓；而有「愛荷華繆斯」之稱的保羅．安格爾已經離世，愛城景觀自也改變不少。只有從中流過的愛荷華河，依然蜿蜒而行，「細數著一件件塵封在記憶裡的往事。」少聰以時間對比現實滄桑，以空間映照心情流轉；重返愛城，免不了「一份悵惘」，也領受了「一份憬悟」。與聶華苓所寫序言〈驀然回首〉併讀，益添浮生悠悠之感。

至於第一輯「鄉愁」，第二輯「羈旅」，所述不止於足跡所至，也不止於肉眼所視，而更融入了濃厚的地理人文觀察與歷史省思。逐篇讀來，看似隨意，「漂旅」議題則始終如影隨形，緊扣全書。「鄉愁」頭兩篇〈有一種候鳥〉、〈回憶長江水〉，寫她父母從大陸而台灣而美國；青年時代痛嘗離亂之苦，晚年猶無法返鄉，終至客死異邦。「我們父母那一代人的飄流，純粹是悲劇性的。他們毫無選擇。國破家亡，花果飄零，早為他們決定了他們的命運。」益發凸顯作者的悲懷與嘆息。

「漂旅」承載近代華人的鄉愁，是全書的敘述主軸。而人世難測，「漂旅」其實也是眾生的宿緣。

二〇〇六年六月，《中國時報》開卷版書評陳少聰《有一道河從中間流過》

輯3

有得

留白與土地公廟

關於小說，定義越來越分歧，功能性也因社會多元而面臨更多意識形態的附庸與挑戰。不管我們想依附哪一種定義或功能（或完全不要依附），還是不能漠視「小說是一種藝術」這個恆久不易的鐵律；否則，小說和街頭巷議，說話閒聊，新聞報導，又有什麼不同呢？

既是一種藝術，又是在一場創作競賽裡，則組合小說的文字，故事，結構，人物形塑，對白，意象，想像力，都會受到放大鏡的逐一檢視。其中我最重視的是故事和文字的精確。故事是骨幹，文字是血肉。尤其是文字，銜接全篇情節的進行與人物對話，如果瑣碎蕪雜、枝蔓橫出，會干擾情節的進行，削弱敘述的張力。反之，好的文字則能烘托想像，統一全篇的節奏與神韻，營造留白的意象。如這次獲得首獎的盧慧心作品〈安靜。肥滿〉，作者的文字有一種慵懶疏離的節奏，緩緩烘托出女主角的心情轉折，而且善用留白，關鍵處不著一字，而讀者腦中已意象盪漾了。

其次是想像的眞實與生活眞實的問題。想像的眞實可以隨心所欲創造，但如觸及生活的眞實，人間事還是需要仔細觀察，尊重事實。例如得到佳作的賴志穎作品〈無聲蟬〉，作者很用心的營造全篇的故事與意象，書寫公車司機的境遇與公車裡的特殊生態也很感人，但作爲全篇重要場景的「土地公廟」，卻都寫成了「土地廟」；在台灣民俗裡，「土地公廟」是絕不能簡稱爲「土地廟」的。

也許因爲文學營的學員們都較年輕，作品大多在寫寂寞：或寫孤獨心靈對荒謬現實的反抗（如〈搬家〉），或試圖在失望中尋求情感寄託（如〈無聲蟬〉），或書寫一種封閉狀態與闖入者的交鋒（如〈安靜。肥滿〉與〈存亡〉）。大部分作者都很眞誠的書寫他所選擇的題材，這一點很讓我感動，也是首屆文學營的珍貴收穫。

二〇〇四年十月，「全國台灣文學營」創作獎小說組評審的話

〈香豬〉之味

你相信「豬會穿衣服，還擦了香水」嗎？不止此也，在日據時代皇民運動推行之際，豬還會上漢文課，抽菸，坐轎子；「抬腿蹦去」，「趁飯尾驚訝時，一蹄踹他個爛蛋」……。

但是，你認爲不可能的事，在甘耀明的〈香豬〉裡都一一展現於你底眼前。至於那些事是否曾在現實裡發生，或者在歷史檔案裡是否眞的存在，並非〈香豬〉的訴求重點。你可以視它爲虛幻的歷史，或是歷史的虛幻；因爲作者的創作企圖，顯然無意書寫需要後人考證的歷史小說，而是在進行一場顚覆歷史情境的模擬實驗。

你認爲日據時代的台灣人都備受欺壓，很怕日本老師日本警察嗎？那麼看看〈香豬〉裡的野豬校長張雞胲如何拿雞毛當令箭惡整日本人；看看野豬小五郎如何神氣活現的霸佔日本校長的校長室，「坐上藤椅裝老大」；到了派出所，牠更「霸佔派出所拉屎，對飯尾巡察大人沒大沒小。」小五郎最後雖然被飯尾踢爆喪命，但是，豬頭砸破窗戶，「豬尾鑲在牆上，把天皇、天母的合照打落地……。」

你看，你以爲日據時代台灣人不敢做的事，或者台灣人需要血流成河才能做到的事，小五郎一隻野豬，竟然鬼使神差的做到了；雖然，小五郎最後也和抗日台胞一樣，以獻身收場！

我必須說，〈香豬〉是我讀過的，最另類的抗日小說。那些穿著幽默、荒謬衣裳的，內裡包藏著洩恨、報復的反動情節，其實深藏著殖民地台胞的悲涼。

二〇〇六年十一月，第二屆「林榮三文學獎」小說三獎評審意見

細品這粒〈牡蠣〉

溫毓詩這篇小說的開頭就像一粒牡蠣：外殼粗糙崎嶇，滿溢潮腥之味，暗喻著一個失去語言能力也幾乎失去生育能力的原住民少婦阿米雅的生命樣態。但是撬開牡蠣的外殼，密藏其中的貝肉飽滿晶瑩，汁液柔滑脂鮮，那是阿米雅默不能語的內裡，潛伏著女性的自我慾望與生命能量，也是她的丈夫傾洩男性慾望的兩性角力場。

作者所鋪排的情節進展，也像阿米雅與丈夫的生命儀式：白日忙於魚塭的工作，粗糙艱辛，充滿稜稜角角的生命磨難；夜晚享用潤澤的美酒與牡蠣，以腥辛與微醺餵養慾望，享受原始的兩性歡愉。牡蠣的貝殼與貝肉，既是一體的兩面，又是強烈的對比，層次繁複交替呈現，意象明晰貫穿全篇。

兩性交歡，不僅交融了情感，宣洩了慾望，終極目的仍大多希望孕育後代，延續生命。然而阿米雅婚後多年無出，婆婆遂暗中相了一個「屁股圓得親像十五的月娘，保證你生後生」的女子，希望兒子另娶，傳宗接代。兒子想讓阿米雅簽字離婚但不搬出去，婆婆則串通人口販子，先來強暴她，再把她賣入火坑。阿米雅發現這個陰謀，無法以言語抗辯，只能以最本能的行動自衛和反抗。人口販子來強暴她的時候，粗銳的牡蠣殼是她最便捷的武器。爲此岔而與婆婆扭打的時候，牡蠣殼也是她發洩所有憤怒的尖銳武器。最後，她擊敗了婆婆的陰謀，但是兩敗俱傷，身心交疲；「丈夫照顧兩個女人，倒也沒有怨言。」

激烈反抗之後的阿米雅，彷彿通過一場置之死地而後生的儀式，竟然發現懷孕了。相對於新生命即將到來，婆婆卻患了老人癡呆症；「已是顆死去的牡蠣，剝開了醜陋的外殼，裏在死亡裡的一灘灰綠暗肉，張嘴流涎。」見到婆婆的樣子，阿米雅「失聲痛哭起來。……此後，每個黃昏，她總牽著老人的手去散步。除了那一天，她在房裡生下一個男孩……。」

故事的結尾是阿米雅在讓孩子「吸吮飽漲的乳房」，婆婆則鑽開牡蠣，遞到阿米雅嘴邊；她「張口呑下，品味那鹹、腥、甜……。」新生命化解了兩代母親的衝突和怨恨。牡蠣曾經是阿米雅的武器，最後婆婆以牡蠣和她和解了。

粗糙與光華相互輝映，這是一粒值得細品的〈牡蠣〉。

二〇〇五年十二月，「台灣文學獎」小說首獎評審意見

逃離也是一種「面對」
——評〈異鄉人〉

每時每刻，世界的許多角落都有人因種種原因而離開自己的家，成爲肉身的，或者心靈的，「異鄉人」。

每個時代，這個世界也有許多作家以小說，詩，或散文的形式書寫不同類型的「異鄉人」，讓我們見識不同世代的「異鄉人」形象及各異的心靈層次。其中最著名的當屬一九五七年諾貝爾文學獎得主、法國作家卡繆（Albert Camus, 1913.10.7～1960.1.4）的長篇小說《異鄉人》（*Stranger*, 1942），書寫青年莫索對人世及個人生命的極度冷漠；甚至母親去世也不覺悲傷。就在《異鄉人》風靡台灣的六〇年代，因肝癌早逝的王尚義（一九三六～一九六三）也在生前完成《異鄉人及失落的一代》一書，於一九六四年由親友交由文星書店出版。一九九二年，旅美作家遠人的短篇小說〈異鄉人〉獲得時報文學獎，敘述一個一九四九年隨蔣介石政府來台的大陸人，在台灣居住數十年，仍認爲自己是一個格格不入的「異鄉人」。二〇

○四年六月，詩人陳義芝在他的次子邦邦於加拿大猝逝周年之際，於《中國時報》人間副刊發表散文〈異鄉人〉，敘述邦邦猝逝的經過及去世前一年與他談論最愛讀的小說《異鄉人》的情景；爲人之父的失子之情，悲懷悠緩貫穿全篇，而以「天涯，那是更遠的異鄉！」作結。

二○○七年十二月，因緣際會參加這次徵文評審，柯品文的〈異鄉人〉獲得四顆星的肯定。這篇首獎作品，呈現的是新世紀新世代的「異鄉人」形象。小說裡也有一個和遠人的〈異鄉人〉主角一樣隨蔣介石政府來台的「老異鄉人」，但全篇描摹的卻是阿偉爲了躲避那個退役後在高雄老家眷村開了二十多年麵店的「老異鄉人」父親，寧可到台北做一個沉浮於便利商店等臨時工的「新異鄉人」，從而逐步呈現他當兵時認識的，已經遠赴荷蘭與同性戀愛人同居的學長Eric，以及賃居處的兩位女性友人——一位是年齡和他相近，本來在教兒童美語後來選擇出國嫁給美國人的艾瑪；一位是已經離婚，年齡比他大十多歲仍在追尋眞愛的玲子姐——，以他們的情感轉換映照自己的孤獨無依，隱喻他們都是肉身離鄉或心靈徬徨的異鄉人。

本文的寫作技巧，展現在兩個層次的結構安排。

第一個層次，以阿偉在台北夢到童年時窺見母親於黑夜時分離家出走的眼神開始：「這麼多年來，母親留給他的那個眼神，始終不曾選擇離開，且以一種極爲靜寂的畫面，就那麼安靜、那麼沉默的，一直一直朝著他成長起來的歲月默默的凝視……」

最後，作者也以這個夢作爲全文的結束：

母親面帶微笑極爲靈巧的登上火車，他跟在母親的後面急忙的跳上去，火車上竟然空無一人，母親也在走進車廂的瞬間消失得無影無蹤……。

車窗外連綿延伸的路燈，閃爍成一道道燦爛的光柱，流淌成一條疾駛流動的行進光河，火車毫不稍作停歇，持續而且漫無目的的往前開駛，海角天涯，究竟要把他帶去哪裡？……

第二個層次，Eric不時從荷蘭鹿特丹寄來的e-mail，像一艘從地球彼端駛來的船，除了載來對阿偉工作近況的關心，也載來他逐漸融入荷蘭生活文化的訊息，最後並決定和同性愛人麥克結婚相守終生。

Eric的信每一次都帶給他在異鄉生活的堅強力量，但也在同時間，逼使他不斷朝自己家的方向思索與窺望。

Eric也在信中一次次與他交換對生命，以及從家鄉「逃離」的心境轉折，其中一句簡短的話最值得深思，也可視爲全文的訴求重點：

逃離也是一種「面對」。

二〇〇七年十二月，國立台中圖書館「青年文學創作數位化作品購藏」短篇小說首獎評審意見

行走於階梯之中

*

我開始書寫記憶的一個區塊，關於第十九屆「銘傳文藝獎」小說組的讀後感。這天是二〇〇八新年伊始的第十天，距離去你們學校參加頒獎典禮不足半個月，按照曆法計算竟已是去年的事了。這段期間，我又看了其他城市的兩個文學獎作品，總計小說六十五篇，散文九十六篇。每一篇小說或散文，都映照著寫作者的生活網絡與記憶圖像，在短短的十餘天裡穿梭於一百六十一位他者的創作間，思索並比較其高下，彷彿又經歷了一番長途跋涉，思緒有點紊亂，精神也頗爲疲憊。但是開始寫這次評審你們小說的讀後感時，我的腦海清晰浮現的影像是你們學校那一級級於樹影交錯間蜿蜒而上的階梯，心中激盪綿延的是在你們的作品裡感受到的生命能量。對於你們的青春，或者對於我與你們的文字初遇，新的一年，蜿蜒而上的階梯，一切幽微的轉換，都飽含著生命與美的隱喻。

＊

人世之間常有所謂的「巧合」之事。這次的小說評審，特別讓我感到意外的，也許就是「巧合」。但是「巧合」只是一種說法，它的背後其實存有某些微妙的緣由。我記得主辦單位要我回報評審結果那天，我打電話去依次報告評定的名單，對方聽完後竟然遲疑了一下，然後才說：「老師，好巧哦，妳選的和去年一模一樣。」

他解釋說，我選的第一名〈整個城市的沼氣〉和第二名〈槍口上的花〉，兩篇的作者同爲應用中文系的陳宣輔；去年他也以兩篇作品被評爲第一名和第二名，但是主辦單位認爲不宜一人包辦前兩名，「所以，我們去年把他那篇第二名改爲佳作。」

如此，也就依循去年模式，把〈槍口上的花〉列爲佳作。

但是，我並不認爲這只是一種「巧合」。

我收到主辦單位裝訂成兩大冊的二十篇作品後，是依照排列序號開始閱讀的。〈槍口上的花〉編號十七，〈整個城市的沼氣〉編號十八。讀到〈整個城市的沼氣〉時，一種似曾相識的感覺就不時在眼前浮現。

原來是同一個作者啊！

同一個作者連續兩年得到這樣的成績，豈只是「巧合」而已？在「巧合」之前，他已經閱讀了多少的文學經典，觀摩了多少的人生功課？

＊

〈槍口上的花〉和〈整個城市的沼氣〉，故事背景與小說人物是兩個完全不同的類型。我所說的「似曾相識」，指的是瀰漫於作品中的一種悠緩、神祕、孤獨的氣氛。也就是說，作者已經有了風格的雛型。

〈槍口上的花〉，背景從舊金山到台北，敘述者是一個青年男子，二十歲才從舊金山回到島國讀大學，已經結婚，過著頗爲閑適的中產階級生活。小說開始時，由於妻子要加班，他回家後無聊的打開電視，準備自己的晚餐，突然電視新聞傳來一個十五歲男孩開槍射殺路人的消息……。我們沒有看到那個畫面，沒有聽到槍聲，但是隨著敘述者的回憶，槍的象徵意象層次分明的一再出現。一種意象是以槍殺人的十五歲男孩懷念好久沒看到的母親；「每天當我早上出門時只能看見睡著的背影和桌上的五百塊錢，她好久沒有對我說晚安。」——那是渴望母愛的槍聲。另一種意象是青年男子懷念他的父親和只見過照片的母親，因爲他母親生下他後即去世。他不知父親的職業，只知父親行蹤飄忽不定，常常不在家。他從小在寄宿學校長大，直到高二應白人女友之邀去她家見過她溫柔的母親，才知道自己的生命有多大一塊缺失。後來他高中畢業回到家，偶然間於父親的書房抽屜發現了一把老舊的、殘留著黑色血跡的槍……。

他的父親也許是黑道，或者是情報員。他在抽屜發現的那把槍後來不知所終，他的父親也在回到島國後因急性肝硬化去世。——那是已經沉默了的槍聲。

然後，妻子打來電話說加完班要回來了，「我將電視關上，準備再好好想一下母親的臉龐。」男子愉悅的爲妻子準備著晚餐，不久聽到妻子熟悉的高跟鞋聲音，想像著等一下兩人享受晚餐時，「一邊討論著周末該爲我們六個月後即將誕生的新生兒準備什麼樣的玩具和房間。」

絕望與希望，死亡與新生，這是年輕的作者試圖探討的，人的永恆課題。

＊

〈整個城市的沼氣〉，背景從貧窮的東部漁村到繁華的台北都會，敘述者是一個心緒閉鎖的未婚女性，大學商科畢業在一家證券公司服務。她的父親捕魚維生，借錢供她讀完大學，父母親和二姊一弟都很愛她，她也把每個月的薪水匯一半回家給父母貼補家用。小說從她在郵局領了包裹開始。她把包裹抱回家後，只是放在客廳的一角，並沒有打開。然後慢慢倒敘她的生活，家庭，工作，心情，以及和一個保險業務員短暫的交往，最後決定離開城市回東部的家鄉。

作者經營的兩種意象，在情節進展中不時交替浮現。第一種意象是第一段即出現的包裹：「看起來包得很緊，不過包裹感覺起來沒有想像中的重。」——這個包裹象徵的是她與母親在苦難生活中點點滴滴的親情。第二種意象是第三段出現的沼氣：「這個城市總是緩緩的吐露著沼氣。」——沼氣象徵的是她在冷漠的都會中與城市的疏離。她從事的是分秒必爭的金融行業，周遭都是緊張漠然的臉孔，她自覺像個火星人，生活只有孤獨和苦悶。

在倒敘的過程中，姊姊寄來的包裹幾次重複出現，但總像是一縷幽魂飄忽而過。直到她得知保險業務員詐領保險金捲款潛逃，她才決定打開包裹；裡面是裝在骨灰罈裡母親的一部分骨灰。「她想到自己終於有勇氣打開這個包裹，不禁放聲痛哭。……她哭著哭著就開始不確定起來，究竟是因爲整個城市的冷漠，還是自己把心封閉起來的緣故……。」

出走與回歸，獲得與失去，這是年輕的作者試圖探討的另一個生命課題。

＊

晉入決審的二十篇作品，像是二十個初生的嬰兒，各有身體的高度和重量，水準參差是自然的現象。這次沒有獲獎的其他作品，不少篇都顯露了作者選取題材的敏銳度，也展現了豐富的想像力，但是我閱讀時總感覺像在高空飄浮，有一種未完成的遺憾。這種未完成，包括鋪展故事情節時枝蔓過於冗雜，以及敘述觀點混淆，邏輯不明，錯別字太多，不會使用標點符號等等。寫小說，直覺和想像力固然很重要，但是表達的基本功力和自我節制的能力更為重要。梁實秋先生曾講過一句名言：「文學的紀律是內在的節制。」小說題材本身有一個邏輯的秩序，寫作的人可以無限發揮想像力，但是一定要尊重作品本身的生命邏輯，要像梁先生說的：「多加剪裁，避免枝蔓。」

文字是承載思想和情感的工具，怎樣使用簡潔的文字和正確的標點符號，其實是學習寫作最重要的入門功課。文字簡潔，作品訴求的重點和意象就能清楚。標點符號正確，文字有了呼吸的空間，文氣與節奏也就更為清晰。

關於簡潔的文字，我在頒獎典禮時已向你們介紹過近代散文名家梁實秋先生。我建議你們多看他的作品，從中學習「內在的節制」，了解文字的使用必須「多加剪裁，避免枝蔓」。寫作也像你們學校的階梯，學習了更清楚明確的表達功力，相信你們終有一天能走到階梯的頂端。

*

最後，要謝謝江惜美老師，慧眼獨具的從參賽作品中選出二十篇晉入決審。從得獎作品的內容與水準看來，江老師應該是沒有遺珠之憾的吧。

二〇〇八年一月，第十九屆「銘傳文藝獎」小說組評審意見

「文化深耕」的喜悅

板橋雖不是台北縣第一個舉辦文藝獎的縣轄市，但市政單位有此遠見創辦第一屆「枋橋文藝獎」，實踐「文化深耕」的理念，而且徵選項目多元，徵文對象涵蓋國中、高中、大專社會人士，讓各年齡層的文藝愛好者都有參與、發揮的機會，確實值得拍手祝賀。

我和兩位板橋在地作家莊華堂先生、李宗慈女士，擔任國中組散文、高中組散文、大專社會組散文、大專社會組小說的評審，看了一百多篇的創作，雖然很辛苦，心裡卻又充滿了喜悅。大專社會組小說來稿三十一篇，題材涵蓋社會各行各業，小說人物及寫作技巧也變化多端，謹就得獎作品簡評如下。

特優獎：林棠洋〈橫亙在我們心中的那座山〉：

作者以「我」赴玉山朝拜，尋訪失蹤多年的阿公魂魄作爲全篇書寫主軸，敘述阿公二十八歲時隨台共謝雪紅二七部隊進入埔里失蹤，以及晚年罹患阿茲海默症的阿嬤「看到你阿公」

「他孤單地在深山裡」等情節，層次分明的點出家族歷史與家屬悲情。又以父兄近年意氣風發遠赴大陸經商，結交中共高層，「扮豬吃老虎、結合次要敵人打擊主要敵人」等反諷情節，隱喻時代、政治變遷，阿公的後代對歷史與現實也有了視角各異的審視與省思。但作者的終極關懷是「我」守護著台灣的家，「照顧家中衰老的阿嬤、壓抑的阿母」，讓骨肉親情這人類共性跨越時代、政治，成為最易觸動人心的永恆註解。

優選獎：蔣興立〈指甲〉

人體的每一部位，成年之後大多停止成長，並且逐日老化。只有指甲和頭髮，依然生生不息，必須常常整理修剪。頭髮不修剪，可能蓬頭垢面，讓人止步。指甲不修剪，可能影響穿衣、寫字、切菜等等日常作息。作者巧妙的以父親喜歡為妻女剪指甲作為切入點，回述一個三十一歲女子從小到大的指甲受難史。指甲不僅牽連出她父親的外遇，母親的憂鬱，也影響她成為女同志，並以指甲的外觀衡量一個人的內涵，作為相親失敗的藉口。結尾處，女子幻覺與童年的自己在等公車：「我倆蓄著長到彎曲的綠色指甲，遠遠看來，像手上生了韌力超強的藤蔓植物。」意象鮮明的反諷出全篇的情感糾葛。

優選獎：王自來〈追風少年〉

這篇是典型的成長小說。作者技巧的以「追風的夜晚」、「追月的風」、「風月的追」、「追的風月」四個子題，書寫一個熱血少年爲了追求速度的快感，每晚趁父母熟睡後私自騎摩托車到二重疏洪道享受「飛」的感覺；在黎明返家之前，一次次「調轉車頭，再一次奔騰。」後來因延誤返家時間而情急飆車，意外撞了路人，自己也受了傷。作者處理誤打誤撞救人及與被救少女成爲好友的情節，稍顯牽強而倉促，但仍誠懇展現少年對於速度，生命，贖罪的全新省悟。

佳作獎：劉惠文〈梁甫吟〉

作者藉一個住院醫師的敏感，觀察涂姓老夫妻面對三十二歲獨子正則罹患咽喉癌末期的不同態度。涂爸爸日夜在醫院照顧，無奈的接受正則生命將要走至終點的事實。涂媽媽則怪罪正則娶的大陸妻子帶來厄運，強迫正則與妻子離婚，從此正則不與她說話。她很少在醫院停留照顧，忙著四處尋訪活菩薩，燒香拜拜，奉獻金錢，祈求神明保佑正則病癒。涂爸爸對醫生感嘆說：「千算萬算，也是不如天一畫，他阿母總是想不清。」涂媽媽則對醫生感嘆說：「爲啥米供養佛祖、奉獻偌多攏無效，咁是阮無夠虔心？……咱一世人無做啥米歹事，食老顛倒要白髮人送黑髮人，好命歹命到底是誰人決定兮？」

作者顯然是個醫生，熟悉醫學知識，部分專業處理寫得很細膩撼人，而涂姓夫妻的兩種態度，其實是醫院常見的病人家屬的縮影。

佳作獎：游如伶〈蒼白〉

本篇的故事軸線很長，以一個中學女生的成長，貫穿整個僵化的教育體制與單一的價值體系。作者以迂迴而進的筆法，書寫女學生在教育體制中堅定意念，追求服從與好成績，終於大學畢業，做了補習班老師，繼續以她學習而來的標準，循環教育她的學生；「站在這裡以自己破碎的喉音，試圖述說青春的蒼白虛妄，欲恐嚇這無神的一代？」「變成這個時代的異鄉人，在局外鬼魅般遊走。」環環相扣的成長故事，緊扣現實社會差異，嘲諷了現代教育對強者（成績好）與弱者（成績差）的不公平待遇。

作者的創作意圖可感，文字、結構相輔相成，部分字句精準，優美如詩。

佳作獎：洪振原〈塔〉

這是兩姊妹陪伴罹患肝癌的阿公走完生命末期的故事。由於阿公兩次被醫生誤判病情，全篇的筆調除了哀傷，不捨，也有對醫生的質疑和憤怒。作者以「初夢中」、「又夢中」、

「再夢中」、「夢醒中」、「夢醒後」五個子題，從妹妹的角度串連故事情節，濃烈的祖孫情貫穿全篇。但因妹妹是在阿公病榻心神渙散時疲累入睡，夢中的敘述觀點飄忽轉換，出現「我」、「她」、「你」遊移不定的狀態，這部分可能造成讀者閱讀時的困惑。

不過，作者對「塔」的意象書寫層次繁複，夢中所見的海水彼岸的塔影及老人所戴的斗笠，其實就是阿公去世後安厝的納骨塔的象徵。形容進行化療後的阿公，「像白色床單上的一舟孤葉」，形容阿公第二次遭誤判後，「醫生有好幾個病人，但是我們只有一個阿公。」類似的書寫，情感婉約，讓人動容。

二○○八年一月，第一屆「枋橋文藝獎」大專社會組小說評審意見

柔軟的擁抱

我一向最重視文章開始的切入點和結尾的意象。包垂瑩這篇〈小童〉的優點，恰在於此。開頭第一句：「唐寶寶小童總在黃昏時出現在小學操場上，帶著黃皮球和滿臉燦爛的笑。」再看結尾：「唐寶寶小童，十四歲，笑起來像月亮，最愛黃皮球，未來還有很長的路要走。」首尾兩句前後呼應，五官分明的烘托出主角的身分、障礙屬性、主要場景、主要的情感依託及形貌特性；而文字簡潔，敘述冷靜，流露「我」的悲憫之心，且無空泛的浮濫之情。

在開頭與結尾之間，敘述「我」對小童的各種觀察，細膩敏銳，情思溫婉。尤以看到小童的父親訓練他坐公車回家那個過程，感人之情彷如看到朱自清的〈背影〉；不同的是背影的主角，朱自清的是父親，這個則是兒子！

小童緊抱黃皮球的意象貫穿全篇，也隱含著特殊的象徵意義。唐寶寶小童的心智，也許只能擁抱或掌控那樣柔軟的皮球；而柔軟的皮球，是否意味著他一直懷念著消失的母親的乳房？

二〇〇四年十一月，愛盲基金會第六屆「文薈獎」心情故事組第三名評語

輯4

有思

事實是最有力的語言

——從《滾滾紅塵》說起

張子靜／資料提供
季 季／整理撰寫

1.

《滾滾紅塵》是台灣和香港的電影公司在一九九〇年合拍的一部影片，編劇是台灣著名的女作家三毛，由香港導演嚴浩執導，林青霞、秦漢分飾男女主角。內容描述四〇年代上海孤島時期的一則愛情故事。男主角很明顯是影射當時汪僞政權的宣傳部副部長胡蘭成，女主角則明顯影射當時上海著名的青年女作家張愛玲。

我在上海看了這部電影後，覺得既沒有根據事實，而且刻意渲染胡蘭成對張愛玲的愛情專一，把胡塑造成一個既忠厚老實又文質彬彬的青年，美化了他在銀幕上的形象。

劇作者爲了吸引觀眾，當然可以創造人物形象，隨意安排情節發展，但如有所影射，至少應尊重事實，或者不該扭曲事實；尤其不要對所影射的人物強加美化或故意醜化。

2\. 事實是最有力的語言，我們不妨用歷史眞相來對照《滾滾紅塵》影片中的故事情節，就能辨別其間的眞僞和差距。影片一開始，字幕是一九三八年，銀幕上出現女主角被她父親關在房間裡，手上拿著一些寫滿了字的紙片，正在大喊大叫，宣洩她的反抗情緒。然後，天花板上的活動蓋子掀開了，一個女僕用繩子把飯菜送了進來。

一九三七年暑夏，張愛玲從聖瑪利亞女校畢業後，確曾從八月中旬開始，被她父親關在今泰興路（當時叫麥德赫司脫路）三一三號樓下的一個空房間，前後大約半年。不過當時她的家中並沒有任何一個房間有那樣的活動木蓋裝置。而且她不可能、也從來沒有做出那種歇斯底里的舉動。據我的了解，她每天起床後就做健身操鍛鍊身體，爲逃走做準備，從來沒有大吵大鬧過。影片裡的那一幕，完全是劇作者個人的臆測。

3\. 接下來開始敘述女主角從家裡逃出後不久認識了胡蘭成，然後與他談戀愛。這和事實也很不相符。

一九三八年初張愛玲從家裡逃出去後就住在她姑姑張茂淵的家中，地點是開納路（今武定西路）的開納公寓；當時張愛玲母親黃素瓊爲了安排她到倫敦讀大學的事也從倫敦回到了上海，暫住姑姑家裡；一九三九年初她們三人才搬到較爲寬敞的愛丁頓公寓（今常德路一九五號常德公寓）五樓十一室。三八年初到三九年秋這一年多，張愛玲一直在母親的監督之下準備倫敦大學的入學考試；母親還請了一個猶太裔教師教她數學，一小時報酬五美元。果然她的考試成績很好，考了遠東區第一名，卻因歐戰爆發不能去倫敦入學，三九年秋天只好改到香港大學就讀。一九四二年十二月太平洋戰爭爆發，香港淪陷，張愛玲又回到上海，仍與姑姑同住，但搬到同棟公寓的六樓十五室。一九四三年張愛玲開始從事寫作，很快就成名；她和胡蘭成認識相戀，是在一九四三年以後；和影片裡的年代，至少差了四、五年。這些事情的始末，張愛玲在她的散文〈私語〉和〈燼餘錄〉中都有詳細的描述。

4.

影片中還有個場景好像是在僞滿洲國的長春，男女主角和一個女友坐汽車在街上走，正巧遇到許多日本兵在檢查、辱打行人，汽車被迫停了下來。男主角下了車，日本兵檢查了他的證件，知道他的身分後即舉手向他行禮致敬。這一幕充分抬高了男主角的身分地位，但與實際情況也是有出入的。

汪精衛本人在南京建立汪僞政權，固然權傾一時，但他到底還是日本的一個傀儡，據說曾被日本的顧問打過耳光。僞滿洲國的日本兵，怎麼可能對汪僞手下的一個次長級漢奸敬禮呢？而且，張愛玲當時也從未離開過上海，當然更不可能去過長春。

5.

影片中最荒謬的一幕是一九四八年局勢混亂，男女主角在上海要搭輪船去台灣。銀幕上說明蔣介石因國共戰爭連連失利，把物資和軍隊不斷搶運往台灣，碼頭上人群如蟻，都爭著要上船去台灣。但是人潮擁擠，男女主角被擠散了，結果只有男主角一個人上了船。

事實上張愛玲在一九四七年六月即與胡蘭成正式分手了。爲了徹底斷絕與胡蘭成的聯繫，她與姑姑遷離愛丁頓公寓那個她與胡蘭成定情的傷心地，搬到梅龍鎮巷內的重華新村十一號二樓。那年她母親又回到上海，也住在一起。四八年底她母親再度赴歐，她與姑姑又搬到派克路（今黃河路）的卡爾登公寓（今長江公寓），根本沒有想過要去台灣，當然也不可能有碼頭離亂的那一幕。

至於胡蘭成是怎樣一個人物，坊間的書報雜誌有很多記載。我在《上海灘》雜誌看過一篇〈七十六號魔窟大特務吳四寶的老婆——女流氓佘愛珍〉。這篇文章也提到胡蘭成，說他不僅是汪僞政權的漢奸官僚，而且還是佘愛珍的情夫；是一個一貫玩弄女性的惡魔，做過不少壞事。

據我所知，抗戰勝利後，胡蘭成怕受政治與法律制裁，改姓換名在江浙一帶逃亡。張愛玲雖已知道他到處留情，仍然情深義重，定時寄生活費濟助他。到了一九四七年，張愛玲看破了這段情，決定與胡蘭成分手，六月十日那天寫了一封訣別信給他，還附了三十萬元；那是她最後一次濟助他。

那三十萬元是怎麼來的呢？一九四六年夏天，導演桑弧和吳性栽合辦了文華電影公司，爲了打響第一炮，特別請柯靈介紹，認識了張愛玲，請她爲文華公司編劇，由桑弧導演。那時張愛玲還沒編過劇本，但爲了最後一次濟助胡蘭成，她答應試試看。張愛玲靈巧剔透，很會編故事，第一個劇本《不了情》纏綿動人，由當紅的男星劉瓊與女星陳燕燕主演，上映後非常賣座。桑弧乘勝追擊，又請她編了一部《太太萬歲》，也很賣座。後來她把《不了情》的劇本改寫成中篇小說《多少恨》，在《大家》月刊發表。姑不論故事情節如何，從字義上來看，《不了情》、《多少恨》，已隱約透露了她當時與胡蘭成感情生變的心境。而她寄給胡蘭成的三十萬元，就是辛辛苦苦編那兩部電影劇本的報酬！

張愛玲對胡蘭成，可說仁至義盡；胡蘭成對張愛玲，卻是虛情假意一場罷了！

解放前夕，胡蘭成逃到香港後又逃到日本。佘愛珍後來也從香港到了日本。一九六九年，胡蘭成和佘愛珍在東京結婚。據說佘愛珍在東京以開酒館維生，而胡蘭成只在家寫寫文章。看來《上海灘》那篇文章所說的，並非捕風捉影。

6.

影片的結尾是一九四九年解放後，男主角又回到上海。劇作者的意圖是凸顯他用情專一：飽受顛沛流離之苦後，又回到他的祖國，尋找他失散的愛人和情感的歸宿。最後一個鏡頭是男主角孤獨的人影，向著茫茫雪地行去；是不是能找到他繫念的愛人，留給觀眾一個無盡浪漫的餘思。

那個結尾，當然更是與事實相差十萬八千里！

我猜想，那種大逆轉，可能是劇作者個人對胡蘭成的傾慕，以及一種理想性的幻想。但我看到那個結尾時，實在忍不住憤怒，覺得劇作者美化了胡蘭成，委屈了張愛玲！簡直是撒漫天之大謊，不知羞恥爲何物！

7.

我是張愛玲唯一的親弟弟，影片中敘述的年代，我也在上海。親眼看到過張愛玲被父親關了半年，也知道她和胡蘭成結識戀愛。我一直認爲，她是在胡蘭成的權勢魅力之下，受到花言巧語所惑；是一名情感的迷失者，更是一名心靈的受創者與受害者。

總之，在看《滾滾紅塵》這部影片的過程中，回首前塵往事，思及姊姊的情感創傷，我幾度難掩激動，淚如雨下。看到影片中歪曲眞相、美化漢奸的鏡頭，內心不僅僅十分憤慨，而且深爲痛心！看完回家之後，那些鏡頭仍每日歷歷在目。思前想後，不吐不快，終於寫下了這篇非影評的觀後感。

二〇〇四年二月《印刻文學生活誌》第五期

我看張愛玲作品

張子靜／資料提供
季　季／整理撰寫

在我們家，有兩個張愛玲作品的忠實讀者：一個是我父親，一個是我。

我姊姊張愛玲的繪畫才華，得自母親黃素瓊的遺傳；文學才華則得自我父親張廷眾的遺傳。她逃離我父親的家後，在散文裡把家庭的不堪寫出來發表，讓我父親很難堪很生氣，不過她的小說後來在上海灘紅極一時，凡有發表，我父親都會去買回來看。有時我把當期的《雜誌》買回家，發現家裡已有一本了；那當然不可能是我繼母買的。

不過一九五二年姊姊離開上海之後，我們就看不到她的作品了；受到與「漢奸胡蘭成」交往的牽累，「張愛玲」這三個字在大陸文壇銷聲匿跡了三十多年。改革開放之後，八〇年代後期，她的名字和作品才又陸續在大陸的報章雜誌出現，我也才有機會零零星星讀到一些。

一九九五年十月中旬，姊姊在洛杉磯去世後半個月，一位在台灣媒體工作的編輯到上海來看我，送我一套台北皇冠出版公司的《張愛玲全集》。十月初乍聞姊姊離世的消息後，我的情緒一直很鬱悶，得到她的十五冊全集，懷著憑弔姊姊的心情，專心的讀完，心緒才漸漸沉穩，不再那麼悲傷了。

《張愛玲全集》裡的小說和散文，大多曾在上海發表過。

我在這裡要談的，是她到海外後寫的幾本。因爲是第一次讀，覺得和她以前的作品很不一樣，也就有了一些不一樣的感想。這些感想，和專業的文評當然有天淵之別，但願海內外方家不要以專業的水平看待。畢竟，我只是張愛玲的弟弟罷了！

這是她頗有研究價值的力作——關於《紅樓夢魘》

1.

曹雪芹的《紅樓夢》，從問世以來就一直受到文人墨客的分析和考證，從清代到民國建立後，始終是學術界的盛事。到了三〇年代胡適之先生對《紅樓夢》的研究，又揭開了從考證入手而求證《紅樓夢》創作來源的序幕，引起學術界的一場大爭論。

大多數的學者關於《紅樓夢》的爭論，主要在於這部作品是創作還是曹雪芹的自傳？還有的就是爭論作者是否曹雪芹本人？這場爭論持續到五〇年代，大陸上還不時出現關於《紅樓夢》的評論文章，胡適之先生的弟子俞平伯先生，偶而也在報刊發表文章，繼續闡釋他對《紅樓夢》考證的觀點，但是不幸在左傾思想的統治下，俞先生受到了批判。

到了六〇年代中，《紅樓夢》的研究又掀起了一股熱潮。當時的《文匯報》曾長篇累牘發表文章，考證了大觀園遺址，舉出種種例證，說明大觀園就是清王朝末年的恭親王奕訢的府第。不過文革時期學術界有很多人被打成了牛鬼蛇神，折磨得奄奄一息，有的甚至含冤而死。粉碎四人幫之後，天日重光，學術界對古典文學的研究又開始復甦，可惜的是許多對紅學有研究的學者已遠離塵世，而青年學者一時還接不上班，因此，除周汝昌先生外，有質量的分析、考證的文章，在報章和刊物上發表的並不多。

以上所寫的，是我所看到的在大陸上關於《紅樓夢》研究的一些情況。當然，在港台文學和學術界，對紅學的研究是一直在繼續開展的。

2.

我姊姊從小就跟著我父親讀《紅樓夢》，一直很愛讀，後來她也說過她寫小說曾受到一些《紅樓夢》的影響。她在美國長時間投入考證，五詳《紅樓夢》，終於完成了《紅樓夢魘》。這確是她一生著作中一部頗有研究價值的力作。這部書不僅延續了她對《紅樓夢》的深情，也見證了她心思的細膩和毅力。首先，使我們看到她的寫作才華不僅表現在糅合中國小說和歐美名作家的寫作特點，創作了四〇年代社會的愛情小說和散文，用細緻的手法描繪人物的形象，用新穎燦爛的詞彙，反映當時社會風俗人情的面貌；而且她的寫作才華又表現在用考據事實的手法，描述《紅樓夢》這部膾炙人口的古典小說的整個面貌，跨入了當代考據文學名著的作者行列。

她的這部作品，概括起來有以下幾個特點。

一、她通過考證，認爲《紅樓夢》的後四十回，續書者不是高鶚。她認爲高鶚不過是和程本的作者一樣，把《紅樓夢》的全稿修訂一遍而已。

二、她在〈三詳紅樓夢〉最後的一節中，點出曹雪芹這部名作不是自傳式的作品，而是一部創作。她指出，寶玉是脂批作者的畫像，而人物本身可能是隱指作者本人，屬於書中的人和事大部分是虛構的，只有襲人和麝月兩人是眞實的人物。

三、她在四詳和五詳中，點明《抄本石頭記》中就已記述了寶玉在寶釵因難產而逝後更加放縱，生活日益潦倒。後來湘雲死了丈夫，再醮寶玉。爲了兩人的生計，寶玉淪爲看街人。因此機緣，有一次寶玉在街上偶遇北靜王，獲北靜王延入府中，寶玉與湘雲才得安穩的白頭偕老。

以後的不同版本中，經過改寫，增添了許多情節，如風月寶鑑、太虛幻境，而許多眞正事實反而被隱去，因此出現了甄士隱、賈雨村的人名。

以上所述與多年傳說，和已經出版的《紅樓夢》內容如有不符合之處，就必須有足夠的考證來加以說明，才能使廣大的讀者信服你的論述是可靠的，因此，我姊姊寫《紅樓夢魘》這本書，花去了將近七年的時間，這和曹雪芹用十年的時間五次刪改原稿，可說異曲同工，確實花費了一番心血和努力，而且看來也是十分必要的。

3.

這裡我想對考證的應用現象提出一些質疑。

一、在粉碎四人幫以後，大陸上出現許多考證歷史名人或歷史古蹟的文章，寫來也都頭頭是道，有根有據，然而其離奇怪異之處，真使人如墜五里霧中，不知其所以然。例如一說曹雪芹的墳墓在某省某縣被發現，墓碑被掘出，上面刻有年月日、立碑人的姓名等等，碑上石刻的字跡斑剝，色澤古盎，強調這確實是曹雪芹的墓葬之處。而另有文章則從曹雪芹晚年的摯友敦誠等人的記述，證明曹雪芹的墓就在北京的東郊某處，不會在離開北京幾百里路的地方，令人不知哪一處才是真正的曹雪芹的墓葬。

二、《水滸傳》的作者究竟是羅貫中還是施耐庵，似乎到現在還爭論未定。而施耐庵的家鄉是在江蘇省興化還是在淮安，也引起不同的爭論。但據報載，兩處都在籌建施耐庵的紀念館，互不相讓。

三、《三國演義》中記述劉備喪妻後，東吳孫權謊稱要把妹妹嫁給劉備，劉備將計就計前往吳國，吳國太還在鎮江甘露寺親自召見他。可是有的文章否認這一點，說根本不在甘露寺，也不在鎮江。

四、赤壁之戰，東吳大將周瑜以水軍擊敗曹操，形成三國鼎立局面。這是歷史上的記載。但是有人說赤壁不是在湖北省，是在某省某處；還有人說據史書記載，曹操不是敗於周瑜的水軍，而是因為瘟疫流行，自動退兵。如果照這麼說，是不是根本就沒有赤壁之戰？

五、最離奇的是關於楊貴妃的傳說。歷史上的記載是說安祿山造反，唐玄宗攜帶著楊貴妃和丞相楊國忠等人，由陳玄禮將軍率領御林軍護衛逃離長安，向四川避難，行經馬嵬坡，三軍鼓譟，要唐玄宗殺死楊國忠和楊貴妃。唐玄宗在無可奈何的情況下，只得殺死丞相楊國忠，並賜令楊貴妃用白綾自盡，三軍才又繼續護衛唐玄宗到了四川。這是千百年來眾人皆知的歷史事實。現在忽然有人提出了新考證，說楊貴妃並沒有死；被掉包了，死的是個宮女。又說她扮成難民，隨著逃難的人群往東走，後來竟然漂流到了日本；據他們的考證，在日本某地發現了楊貴妃的墳墓，並有日本當地老人的證明。我看這簡直像神話，哪裡是考證？奇怪的是，這些千奇百怪的所謂考證，竟然在報上出現，而且是通過編輯先生的審核而見報的，寧非天大的怪事？

4.

最後，我想講一下我對考證的看法。

正確的考證，對證明一部名著的時代背景、作者的創作意圖，確有很深遠的意義和影響。但是我們也不可否認，有些引經據典的考證，反而把讀者引入歧途，例如關於大觀園的原址究竟在哪裡，考證得再詳細，證據再確實，充其量留給讀者這樣一個印象：這個地方可以作爲一處名勝古蹟加以整修保存完整，供人遊覽欣賞，而別無其他意義和價值。又例如考證秦可卿與天香樓之事，還有個別的考證秦可卿來歷，說她是某王府中的人，因王府出了事，把她塞到賈府中避禍。這事可能是眞事之一，而作者有意隱去，免遭人物議。考證了這些事，只有暴露出這些醜惡的情事，對青年讀者們留下不良的影響，並無裨益之處。

我想，考證《紅樓夢》，如果多著眼於作者揭露了滿清王朝康乾盛世的賈、王、薛、史四大家族倚仗權勢、勾通官府，做出不少草菅人命、貪贓受賄、違法亂紀之事，找出這些罪惡的根源，從而加深讀者對這些罪惡的警惕與防範，也可以加深統治階層對這些罪惡根源的認識，從而採取必要的措施，以減少和遏制這些罪惡的氾濫，對保證社會安定和人民的安全起著一些有益的影響和作用，這對當前世界上無論是資產階級民主共和制的國家，還是社會主義制度的共和國國家，都應該是有所借鑑的。

考證和考古，似乎是孿生的兄弟，但是考證對人的思想意識、政治制度、經濟發展、社會生活等方向，都能起著一定的作用；而考古僅僅著重於鑑定文物的眞僞和出土的時代，兩者的作用，是有著一定的距離和差別的。

她實在不應該寫這兩部作品──關於《秧歌》和《赤地之戀》

《秧歌》和《赤地之戀》這兩部長篇，據我所知是姊姊一九五二年離開大陸到香港後所寫的。書中的內容，當時海外的人因爲對中共好奇，看起來也許覺得新鮮，現在看起來則都是一些人所共知的事情。但兩部書都牽涉到政治，這是無可否認的事實。

我個人的感覺是，她實在不應該寫這兩部作品的。因爲在她過去的作品中，從來就沒有提到政治方面的情況。四○年代她成了名以後，爲了避免涉嫌漢奸作家的壞名聲，拒絕參加所謂的「大東亞作家大會」，也拒絕了赴日本訪問的邀請，這些也都是人所共知的事實，那麼又何必在離開上海到香港後發表這兩部作品呢？

有人說，她是爲了生活而「奉命」寫了這兩部書。事實如果眞是如此，我只能說，我姊姊委屈了！

好在國內對她的評價已有改變。除了對她的寫作成就和描寫人物的細膩手法大加讚揚，對上述這兩部作品，只說是由於她個人政治方面的偏見。這種提法，似乎還不屬於「苛刻」

的範圍。姊姊天上有知，應也可以告慰了。

嫖客與妓女的戀愛觀——關於《海上花開》《海上花落》

我姊姊把韓邦慶（號子雲）用吳語寫的《海上花列傳》譯成普通話出版，目的是便於讀者看得懂，讓更多人也能讀這部她很喜歡的小說。胡適在〈海上花列傳序〉中即引用了與韓邦慶熟識的孫玉聲的文章說，韓邦慶的《海上花》與孫玉聲的《海上繁華夢》差不多同時寫作，「逮至兩書相繼出版，韓書已更名海上花列傳，而吳語則悉仍其舊，致客省人幾難卒讀，遂令絕好筆墨竟不獲風行於時。而繁華夢則年必再版，所銷已不知幾十幾萬冊……蓋吳語限於一隅，非若京語之到處流行，人人暢曉，故不可與石頭記並論也。」胡適認為《海上花列傳》是「吳語文學的第一部傑作」，而境遇如此坎坷，實因方言之故，因而在序中慨言：「方言的文學有兩個大困難。第一是有許多字向來不曾寫定，單有口音，沒有文字。第二是懂得的人太少。」所以我姊姊在「譯者識」中說：「我等於做打撈的工作，把書中吳語翻譯出來，像譯外文一樣，難免有些地方失去語氣的神韻，但是希望至少替大眾保存了這本書。」

韓邦慶寫作這部小說，著重於男女間的戀愛在嫖客與妓女之間也是存在的；嫖客固然必須用金錢花在妓女身上才能得青睞和歡心，然而也可選擇戀愛對象，用錢財將她贖身納為妻妾；妓女也並不都是一味騙取嫖客錢財的，也可以在眾多嫖客中選擇自己心愛的對象，贖身從良，過起良家婦女的生活。

然而我認爲這種事例只是千萬件中僅有的一件兩件而已，因爲大多數嫖客只是花錢買笑，眞正贖身論嫁娶是極少數的。而妓女主動從良更是不大可能，因爲每個妓女身後都有著萬惡的唯利是圖的鴇母。就看京劇《玉堂春》中的王金龍和蘇三的例子吧。蘇三是愛王金龍的，但是一旦王金龍床頭金盡，就被鴇母趕出妓院，露宿關王廟，後來蘇三被鴇母賣與了沈燕林爲妾，爲元配皮氏陷害，鋃鐺入獄。若不是王金龍考試得中做了巡按大人，也絕不可能三堂會審爲蘇三伸冤雪恨，一對戀人才得以團圓。因此我認爲《海上花列傳》這部名著，只可作爲小說來欣賞，而絕不能把它的嫖客與妓女的戀愛觀認爲是十分可能的事。清末民初那個時代的社會背景，和現在也大不相同了，如果現在還在宣揚嫖客與妓女的戀愛觀，似乎是不大適宜的。

心裡可能還存在著少女時代的「後母情結」——關於《小兒女》

在我姊姊的全集中，這是一部與眾不同的作品。形式上是劇本，但是又不分幕，只有場次，固定的出場人物並不多，只有五六個，還有少量的群眾演員，對白也很短，很普通。內容主要是說王家的主婦去世了，留下了丈夫和三個子女，劇情就在父親和女兒身上開展起來。中年的父親結識了一位教師，兩人感情很好，但是爲了前妻留下的子女問題，遲遲未能結合。女兒因爲母親臨終時囑咐她一定要把兩個年幼的弟弟照管好，也花費了許多年心血。二十二歲那年，她遇到了多年不見的同學，互相有了感情，同時也知道父親有了女朋友可能結婚，引起她的擔憂，怕娶了後母虧待了兩個才七八歲的弟弟，辜負母親臨終的囑託，因此心思混亂左右爲難。她這憂心是有原因的，因爲她的鄰居家一個小女孩就因父親娶了後母，常常受後母責打而啼哭。這也使得她的兩個弟弟不想要後媽。有一天這兩兄弟偷聽了父親和女朋友的談話，知道他們準備結婚了，就決意逃出家裡。兩個小孩的失蹤，引起了父親和他的女朋友、女兒和她的男朋友這兩對戀人的恐慌，到處尋找都找不到，就報了警。警方也因沒有線索而感到爲難。幸好後來在熱心群眾的幫助下，終於將兩兄弟找到了。劇情到此截然告終，兩對戀人的結局如何，留給讀者們自己去體會思索。

這個劇本的內容與情節，在任何制度的國家中都可能有類似的事例。這不僅是一個感情問題，也是一個社會問題。對待這類問題，應如何正確解決，需要認眞去思考，處理得不好就會使原來美滿幸福的家庭變成四分五裂，家長與子女各奔東西，小孩失去了母愛或父愛，可能變成流浪兒，甚至會變成少年罪犯。我覺得這部作品，最成功之處就是留給我們一個需要認眞思考和對待的問題。不過我私自揣測，我姊姊寫這部劇本時，心裡可能還存在著少女時代的「後母情結」。

附錄

有話

我們的六〇年代
——兼及年度文選與編輯生涯

陳家慧／記錄整理

時間：二〇〇五年十二月三日
地點：國立台灣文學館
主講人：季季、隱地

季季（以下簡稱「季」）：

怎麼那麼巧，有人說我們這場對談，正好碰上台灣第一次三合一選舉的日子，可能聽眾比較少。同時，有人說我們排在最後一場是壓軸。其實，這都是巧合。一開始應鳳凰找我來做對談的時候，我正在準備出訂正版作品集第一批，非常忙，我就說妳盡量往後挪。她說，那就最後一場好了。

然後她問我要跟誰對談？我對她說，跟我的寫作及編輯生涯有共同回憶的，在對談時不必做任何準備就可以有交集的，大概只有隱地。這是決定我今天跟隱地坐在這裡對談的背景。當時也不曉得今天有選舉。不過，我覺得，文學應該超越政治，超越一切，有一個純淨的空間。今天在台灣文學館這個場地，就是一個很純淨的空間，我們可以說一些我們的回憶，說一些以前的夢想。

我先比較具體的說一下，爲什麼我請我的老朋友隱地來對談。民國五十一年，我在雲林縣讀省立虎尾女中（後來虎中虎女合併，現在叫國立虎尾中學。）高二，在《雲林青年》發表了一些小說、散文，收到很多讀者來信，其中一個讀者就是林懷民。林懷民是不斷跟我寫信的一個讀者。後來我才知道他爸爸就是我們雲林縣縣長林金生。林懷民那時在台中讀衛道中學高一，很愛給筆友寫信，不知怎麼他也給馬各、隱地寫信；就是通過他的介紹，我也跟馬各、隱地通信，他們三人不是我最早的筆友，卻是最好的筆友，友誼持續了幾十年。我高中畢業的第二年春天到台北開始做一個職業作家，那時政工幹校新聞系畢業的隱地在編《青溪雜誌》。民國六十五年，隱地已是《書評書目》總編輯，他請我編民國六十五年的年度小說選，那時我還是職業作家，第一次從事編輯工作。那一年，《聯合報》舉行第一屆聯合報小說獎；那個時候不叫文學獎，叫小說獎，因爲只徵一項，就是小說。馬各那時是《聯合報》副刊主編，負責徵文工作，那次徵文一共收到一千二百一十二件，非常多。馬各請我把初複審淘汰的所有小說，分批帶回家看一次，看有沒有什麼遺珠之作，我大概看了一千篇小說。

眞的就是這麼巧，民國六十五年，我跟兩位高中時代的筆友分別開始了第一次的編輯合作。到了六十六年，馬各看了我編的《六十五年短篇小說選》，大概覺得我兩項工作都做得不錯，就問我要不要去《聯合報》副刊工作。這是我進入新聞界工作的背景。這些回憶說起來很瑣碎，但我要說的重點是，人生有很多奇妙的緣分。今天我跟隱地坐在這裡，我們的緣分是從那麼早——從我們的青春時代就開始的。後來我從《聯合報》轉到《中國時報》人間副刊工作，報社要我找兩個保人，我找的是林海音和隱地。今年二月，我從《中國時報》退休，隱地做了我二十五年的保人，我要在這裡公開的向他道謝。今年十一月一日，我到《印刻文學生活誌》做編輯總監，跟隱地不但又做了同行，對寫作也還懷抱著熱情，我很高興今天能在這裡和他對談。

自由是創作者最大的財富

隱地（以下簡稱「隱」）：

先讓我謝謝來賓，蒞臨季季和我這樣一個充滿友誼的對談會。我認識季季的時候她才十七歲，就像她的一本書名《屬於十七歲的》。後來林懷民寫信告訴我說，有一個虎尾女中畢業的女孩要到台北來做職業作家，她從雲林來，希望在台北的我要多多照顧她。起初我不太相信，可是季季是有備而來的。她高中畢業那年，因爲大專聯考和文藝營撞期，她居然放棄聯考到台北來參加文藝營。果然她到台北不久，就在《中央日報》副刊連續發表四篇小說，其中我還記得的有〈假日與蘋果〉、〈檸檬水與玫瑰〉。那個年代我們要投稿「中央副刊」是非常困難的，主編孫如陵先生鐵面無私，投稿給他，如果四天還未退回，我們就放心了，一定會登；可見退稿之快。可是常常在第四天，退稿已在信箱裡。季季來自二崙鄉永定村，到台北一個多月就在「中央副刊」登稿四篇，我說這個人，大概天生就是要做作家的。後來皇冠出版社很快請她做第一批皇冠基本作家，十幾個大作家中只有她是剛起步的新人。所以我覺得她的命運是非常奇特的。四十多年來，我們兩個在文壇，假如把寫作譬喻為跑萬米賽跑，我們一直到今天還在跑。當年與我們一起寫作的朋友，大概十有七八都棄筆了；季季沒有我這麼老，我買飛機票已可享受半價優待了。回憶這一段往事，仍然覺得經過這麼多年還能在一起，還能互相談文壇往事，眞是難得。所以當應教授要我們對談六〇年代文學及我們的編輯生涯，我立即就答應了。六〇年代物資雖然匱乏，可是我們都非常愛好文學。那時文學刊物林立，季季和我從中學就開始寫作，一直寫到現在。我自己十六歲開始寫，寫了五十多年了。在我的腦海裡一直記著兩個住址：「永和竹林路十七號與台北市衡陽路十五號」，大家會覺得很奇怪，這兩個地址有什麼關聯。前一個是季季剛來台北的住址，後一個是文星書店的地址。

季：是竹林路十七巷十三號。

隱：現在還有這個門牌嗎？

季：沒有了，現在改爲二十五巷。

隱：衡陽路十五號是文星書店店址。季季遭遇奇特，她不但一到台北就寫作，而且成爲老牌文學書店的店員。這一段等一下由她自己來講好了，她當年怎麼會變成文星書店的店員，以及她跟文星的老闆蕭孟能、蕭太太的關係。她去年新出的書《寫給你的故事》裡也曾寫到那一段因緣。我在文星也出過一本短篇小說集，所以跟蕭孟能先生也有一些來往往的故事。我的書一開始被退稿，然而我不死心，繼續再投。最後稿件落在文星書店負責人蕭孟能手裡。他有一天到我家裡來訪未遇，留了一張名片，我知道好消息來了。可見投稿這件事，有時候是必須鍥而不舍的。

季：關於我高中畢業放棄聯考參加文藝營，以及第二年到台北做職業作家這兩件事，我在這裡稍作一些補充。我後來常常回想，當年我有勇氣那麼做，就是因爲我的父親給我最大的自由，所以我一直非常感謝我父親。我覺得，對一個創作者來說，自由是最大的財富；我的父親就給了我這樣的財富。先說我高中畢業那年，雲林縣沒有大學聯考考區，必須去台中考，當時學校已經給我們辦了團體報名，我記得報名費是一個人七十塊。那時負責去台中給我們辦團體報名的老師叫秦家洪，是我的地理老師，他的筆名古之紅，也是一個小說家，曾經在虎尾辦《新新文藝》雜誌。但是報名之後，我看到救國團中國青年寫作協會要辦文藝寫作研究隊的廣告，我就趕快去報名。當時不叫文藝營，稱爲

「文藝寫作研究隊」，上課時間一個禮拜，地點在大直的實踐家專，就是現在的實踐大學，報名費用是台幣三百塊。我記得當時公務員的薪水大概一個月一千塊左右。我家並不是很有錢，只能算是農村裡的中產階級，但我高中畢業那年，我父親不但給我七十塊報名大學聯考，後來又二話不說給我三百塊去報名文藝營。等上課通知來了一看，文藝營的日期竟然跟大學聯考撞期！大學聯考只有兩天，文藝營有一個禮拜，可是大學聯考的日期正好在一個禮拜的中間，攔腰一斬，我根本動彈不得，只能二選一。那時交通不像現在發達，文藝營在台北，考區在台中，我就跟我父親說，我要去參加文藝營，不去考聯考。我父親也沒反對，也沒說你已經交了七十塊……都沒有，他就又拿了二百塊給我做車費、生活費，讓我到台北參加文藝營。後來我在文藝營得了小說創作比賽冠軍，獎金竟然有五百塊，還有一個銀色獎盃，外面用玻璃罩著。那個獎盃很大，看起來很堂皇，我用繩子捆起來，提著坐火車回家。我爸爸看了……喔，還有五百塊獎金，他也沒有特別高興，也沒有說，妳花了五百塊，也拿回了五百塊，總之是看得很平常。這是我父親對我最重要的一個影響。他什麼事情都用一種平常心來看待，不會特別鼓勵我，但也絕對不會反對我做什麼事情，讓我完全的自由和自主。

我得獎回家以後，整天就在家裡寫、寫、寫。我讀的虎尾女中是雲林縣第一流的學校，出去找個事做應該很容易的，我父親也沒催我出去找事做。但永定是一個農村，村人的觀念很傳統的，很多鄉親覺得，妳虎尾女中畢業，也不出去工作，在家幹嘛？我父親是農村裡的知識分子，不向人解釋這些的，我母親就跟他們說：「伊攏在厝內寫字啦。」他們碰到我就問說：「阿妳是攏在厝內寫啥麼字啊？」寫啥麼字，我怎麼說得清楚呢？我最近出的《寫給你的故事》這本書裡，有一篇文章提到這件事情；寫作要寫的，就是我們用嘴巴說不清楚的事啊。但那些鄉親就說，妳不出去工作，那大概就是在等著嫁人了，所以就老是有人到我家來提親。哇，這我更是受不了了，我在家寫作就被這麼多人指指點點，還有人來提親好像非要我嫁掉不可，我就覺得不行，這樣我待不下去。到了第二年春天，我看到台大夜間部補校在招生，我就跟我父親說：「我沒有考大學，那我再去讀一點書可以吧？」我拿出一疊稿費單給他看，說我在台北可以靠寫作生活。他同意了，給我二千元帶到台北，我去台大報名並且租好房子後就開始寫作。我是三月八日到台北，大概三月二十四日完成來台北後寫的第一篇小說〈假日與蘋果〉，三月三十日在「中央副刊」發表。就像隱地剛才說的，我從三月底到五月十六日，一共在「中央副刊」登了四篇小說；五月十六日那天還同時在《中華日報》副刊發表一篇。當時的《中央日報》是全國第一大報，「中央副刊」號稱第一大副刊。我覺得我很幸運，一到台北就連登五篇小說，從沒有被退稿。登了那五篇以後，皇冠就來找我簽約做第一批基本作家。皇冠第一批基本作家有十四個，只有我一個是台灣人，而且只有十九歲，其他都是我的前輩，包括高陽、魏子雲、朱西甯、聶華苓、司馬中原、段彩華、司馬桑敦、瓊瑤、馮馮、華嚴等等。

至於我到文星工作，是這樣子的，我到台大法學院去上課，每天要路過文星門口，再穿過新公園到徐州路去。在我們那時代的年輕人心目中，文星書店、《文星》雜誌是一個非常神聖的廟堂。我當時沒有錢，《文星叢刊》我記得那時一本十五元……。

隱：十四元。

季：十四元看起來好像很便宜，但我那時剛來台北，很窮，我走過文星書店看到在招考店員，我就想要是我去文星當店員就可以不用花錢買書了；我當時是存著這樣的心理去應徵的。沒想到我去上班那天，《文星》發行人蕭孟能的太太朱婉堅，她是負責管文星書店的，她對我說：「上班的時間不能看書。」我的第一個夢想，第一天就破滅了。文星書店除了賣書，還賣一些仿古的畫或者複製品，蕭太太都很細心的替它們貼上標價。到了我進去工作的第十三天，發生了一件嚴重的事情，就是蕭太太出去了，蕭先生從樓上的編輯部下來跟我一起照顧書店。有一個老先生拿著一幅複製古畫問說：「請問這幅多少錢啊？」我看了半天，找不到標價，大概是蕭太太漏貼了，而蕭先生也不曉得多少錢。那個老先生沒有買成，不太高興的走了。蕭先生也不太高興，說妳來快半個月了，怎麼連這幅多少錢都不知道？當時我也沒有跟他解釋，說那是蕭太太漏貼，因爲蕭先生也不太了解書店的作業情況。那天晚上下班時，會計小姐拿給我一個紙袋，是離職薪水，叫我明天不用來了。因爲這樣，我在文星書店只工作了十三天。

我離開文星那天，正好是五月四號。當時有點難過，但後來想想，在文星上班從早上九點到晚上八點半，時間滿長的，沒什麼時間寫作。而我在台大上課是晚上六點開始，我在文星上班，台大的課就不能去上。我想想，還是專心的在家寫小說吧。我離開文星以後兩個多禮拜，大概是五月二十幾日左右，皇冠的平先生就來找我簽約做第一批基本作家。但我的文星故事還沒有完。第二年五月九日我要結婚，五月四號那天，我剛搬進新家不久，蕭孟能先生到我家來了。他到我家來就跟我道歉，說去年的事情很對不起。因爲我去應徵的時候，是用我的本名，他並不曉得我會寫小說。後來我跟皇冠簽約，報紙雜誌都有報導，他已經知道這個季季原來就是以前在我們文星書店的李瑞月。因爲這樣，蕭先生來看我的時候就跟我說，去年的事情很對不起。他說，如果那時知道妳會寫小說，就把妳調到編輯部去，現在妳已經做了皇冠基本作家，成名了，也要結婚了，所以我來看看要送妳什麼結婚禮物？當時我家什麼都沒有，他就問我說：「客廳沙發買了沒有？」我說：「沒有買，因爲客廳很小，要放書桌，放不下沙發。」他說：「那書桌買了沒有？」我說：「還沒有買。」他說：「好，那麼就送你兩張書桌，你們可以好好寫作。」過了兩天，兩個書桌跟兩張可以旋轉的藤椅就送來了。我用其中的一張書桌，寫了三十年。我早期的小說，都是在蕭孟能先生送給我的那張書桌上寫的。隱地後來去過我家，他曾經在我書桌旁邊的藤椅上坐過很多次。你記得嗎？（問隱地）

知道太多方法論反而把自己捆綁起來

隱：其實我們朋友做了那麼多年，今天季季講的許多事情我都是第一次聽到。關於季季，我們那時都把她傳奇化了；說是有一個女孩子她大學聯考不考，跑到台北市來要當專業作家。如今那些過程，聽她講了之後，一切都非常邏輯化。當時我還眞覺得特別。你看，應該去參加大學聯考，怎麼會跑到台北來參加救國團的文藝寫作營，又說要專門從事寫作。我們講六〇年代，經過的時間已經四十多年，大家無法想像當年季季有多引人注目。因爲那個年代對她來說是一則傳奇，十九歲作品就刊在《中央日報》副刊，別人投稿投不進去，她一下子就連續刊出四篇。何況這麼年輕，當然引起大家注意。剛剛她提到的皇冠基本作家，當年都是顯赫有名的作家，只有她是新人又那麼年輕。後來她的婚姻也非常傳奇。有一天突然來了一封信，告訴我她要結婚了，要我不必送禮，不必喝喜酒，只要爲他們祝福即可。更特別的是，她的婚禮怎樣開始的？他們一堆皇冠基本作家到鷺鷥潭野餐，大概有一條河呀，大家正在游泳、玩水的時候，突然現在已過世的名作家朱西甯宣布：「來來來！大家上岸，現在有兩個人要結婚了！」原來就是季季跟楊蔚要結婚了。那個年代她做的都是一些滿突破的事情，而且她後來很快就出書，書名《屬於十七歲的》，其中還有一篇叫做「沒有感覺的感覺是什麼感覺」……

季：〈沒有感覺是什麼感覺〉。

隱：〈沒有感覺是什麼感覺〉，還有一篇是寫戰爭的——〈擁抱我們的草原〉。記得當時我已經開始寫小說批評了。我有一本書叫做《隱地看小說》，我最初寫的小說就是在文星書店出版的《一千個世界》。爲了想突破瓶頸，以及怎麼才能把小說寫好，就去讀好多好多文學理論的書、批評的書。其實創作就是創作，不必去看方法論的書，知道太多方法論後，反而把自己捆綁起來，礙手礙腳。寫小說，就是創造，無中生有，只要一枝筆、一本稿紙，小說就一篇篇產生了。至於寫得好不好，讓批評家去傷腦筋，對不對？

關於季季和我，那個所謂「屬於我們的六〇年代」，和現在到底有何不同，說來眞是讓人無法相信，從苦難年代到如今物欲瀰漫，完全是兩個世界。在我們的年代，沒有金石堂，只有中山堂。中山堂是我們看電影的地方，吃西餐的地方，聽民歌的地方，也是我們約會的地方，而整條重慶南路，幾乎都是書店，一家接一家，中南部的學生，到了台北，最喜歡逛重慶南路，當然也要前往武昌街明星咖啡館前的走廊，瞧瞧所謂台北十景之一的詩人周夢蝶的書攤，還有牯嶺街的舊書攤，和西門町的電影街，都是至今讓人津津樂道和無法忘懷的記憶。

當年重慶南路的書店雖然一家家並不起眼，甚至也談不上有什麼裝潢，但比較有人情味，賣不掉的書，它不會全部退光光，至少每種書總要留個兩三本以免客人上門完全找不到。現在的金石堂，規模大了，一開就是近百家，書店有了設計，燈光也亮，但一切根據數字，銷不動和不好銷的書，全部退回出版社，沒有補書員，只有退書員，造成不好賣的書一本都找不到，好銷的書一大堆，賣書就像賣漢堡，文化事業似乎不應完全聽由電腦操縱。

在簡潔的基礎上建立風格

季：隱地的爾雅出版社今年已經三十年，他說起出版有如「長江大河」，三個月也講不完，現在講到這裡就停止，很可惜啊！應該讓他多講一些。

剛才他說到我在鷺鷥潭結婚的事，我在這裡做個修正，因為並沒有像他說的那麼神奇。事實是這樣，皇冠的社長平鑫濤平先生，當時常為我們基本作家安排聚會。有時候請我們去吃飯，或帶我們去旅行，他曾經帶我們去太平山、阿里山，還有大里海濱等地旅遊。一九六五年春天，他說要去鷺鷥潭，鷺鷥潭旁邊有一個情人谷，是很有名的旅遊景點。那時旅遊的勝地都是天然的，不像現在很多是人工開發的。平先生聽說鷺鷥潭很漂亮，第一是它的水非常清澈，因為它是北勢溪的上游，完全沒有污染。第二、那個地方有很多鷺鷥，所以叫鷺鷥潭。他就說，我們來策畫去鷺鷥潭野餐。他聽說我五月九日要結婚，我跟他說我結婚不想請客，太麻煩了，平先生就說：「那這樣好了，我們正好要去鷺鷥潭野餐，你們就在那裡結婚，那些瑣碎的事情我們來幫妳辦理。」所以，並不是像隱地說的那麼傳奇，而是事先策畫好了去那裡結婚的，紅燭、酒、食物、飲料都是平先生幫我全部張羅好，然後由皇冠的同事及作家朋友一路幫忙帶到北勢溪的上游，鷺鷥潭。朱西甯跟我的先生楊蔚都是山東人，所以請他做男方的主婚人，瓊瑤就代表我父母做女方的主婚人。我要這樣結婚，我父親也沒有反對，所以你們可以想像我的父親對我有多麼的寬容。他只說，你們結完婚再回來見見親友。後來我帶楊蔚回家，我母親做了幾桌菜，請我們親戚來聚餐慶祝，也不收禮金。去年四月號《印刻文學生活誌》策畫一個「那年，二十歲」專輯，要我寫一篇二十歲的文章；我一九六五年結婚的時候就是二十歲，所以就寫了我剛才說的，到台北以後這些事情，那篇文章的題目叫做〈鷺鷥潭已經沒有了〉。爲什麼〈鷺鷥潭已經沒有了〉？有兩層涵意，其一是我的婚姻滿短暫的，大概只有五年半的時間，一九七一年秋天就離婚了。其二是當時台北籌建一個翡翠水庫，完工後淹沒了很多山村、林地、河流，也包括鷺鷥潭。所以我在文章的最後這樣寫：「一九八七年，翡翠水庫完工，北勢溪上游沉入庫底。鷺鷥潭已經沒有了。」那是一個很感傷的句子。回顧我的青春時代，那麼自由的到台北來闖天下，也那麼自由，浪漫，有點天眞的結了婚。但是後來發現婚姻有很大的問題，不得不離了婚。我也沒想到，後來這篇文章收錄在陳芳明教授主編的九歌版《九十三年散文選》，而且被陳教授認爲是去年最好的散文，頒給我「九十三年年度散文獎」。得到這個獎，雖然很高興，但也有點遺憾。我一開始是寫小說的，但從一九七七年底進入新聞界工作後，大部分的時間都是在爲人作嫁，服務作家，自己沒什麼時間和心思寫小說，相對的是散文寫得比較多，因爲寫散文不用花太多時間去思考人物、對白、情節等等邏輯的問題。

寫小說，剛剛隱地說的，不要看理論。我是從來不看理論的，我曾經說過，理論的東西，對我來說不是石頭就是磚頭，我不知道隱地爲什麼要去看那些理論寫小說，我自己比較喜歡看的是作家的經驗論。我曾經很仔細的看過一本書，就是以《人性枷鎖》聞名的英國作家毛姆寫的，徐鍾珮女士翻譯，重光文藝出版社出的《世界十大小說家及其代表作》，評介的作家包括托爾斯泰、杜斯妥也夫斯基、巴爾札克、羅曼羅蘭等等。因爲毛姆自己也是小說家，所以他特別注重介紹每一個作家的成長背景，爲什麼開始寫作，以及每一部小說的創作背景，出版之後得到什麼樣的評價，後來在文學史上取得何種地位。我另外還看了一本跟這本性質有點像，叫《美國七大小說家》，包括海明威、福克納等等，也是深入介紹他們的生長背景及重要作品。我覺得，作家的生長背景，以及遺傳，對他的寫作有很深的影響。譬如說我，爲什麼我會寫作，而在學校數學常常考零分？我認爲那是我的基因的問題。我讀虎尾女中的時候，因爲常常代表學校出去作文比賽得獎，校長曹金英很疼我，每次看到我，都摸摸我的頭說，最近數學是不是還是考零分？後來我做了皇冠第一批基本作家，報紙雜誌發表我放棄聯考到台北參加文藝營那些事。虎尾女中的校友看到以後就說：「那個季季，就是以前我們虎女那個數學常常考零分的李瑞月啊。」所以我要說的很簡單，就是一個人一生做什麼事情，多多少少是基因，就是我們台灣人說的，一枝草一點露，我有寫作的基因，加上有一個尊重我的基因，給我最大自由的父親，我才能在這個基礎上不斷的發展。所以，我也許會看評介一部作品的理論分析，是否和那部作品的主題與意象相合，但從不認爲理論可以指導我們寫作。我始終認爲，創作是先於理論的；如果遵循理論寫作，就失去了創作的自由和自主。

如果在場有年輕朋友想要寫小說，我另外提供一個參考；小說很重要的，第一個是直覺，第二個是想像力。第三個就是要有自我節制的能力。梁實秋先生曾講過一句名言：「文學的紀律是內在的節制。」小說題材本身有一個邏輯的次序，寫作的人可以無限的發揮想像力，但是一定要尊重作品本身的生命邏輯，要像梁先生說的：「多加剪裁，避免枝蔓。」

有些人寫作，文字亂七八糟，卻說要建立自己的作品風格，認爲亂七八糟也是一種風格。但我的看法是：所有的風格都需建立在簡潔之上；也就是說，簡潔是風格的基礎。文字不夠簡潔，作品訴求的重點和意象就出不來。但是如果具有簡潔的能力，就可以從簡潔的基礎上去發揮自我風格。這風格可以像福克納那樣，一個句子八、九十個字，一個標點符號也沒有；也可以四個字就是一個標點符號，或者八個字一個標點符號。總之必須讓文字有一個呼吸的空間，有一種節奏。如果沒有簡潔的基礎，所謂的獨特風格也一定是慘不忍睹的。

關於簡潔的文字，如果在座有人沒看過梁實秋先生的散文，我建議你們要多看，從中學習「內在的節制」，了解文字是不能散漫無章的。

隱地剛才講到的中山堂，中山堂對我們那個時代來講非常重要。因爲當時台北的演出場地，沒有像現在有兩廳院、國父紀念館之類的地方。當時比較重要的兩個演出場地，一個是國際學社，後來拆掉了，就在現在的大安森林公園；另一個就是中山堂。當時重要的音樂會大多在這兩個地方演出。中山堂我印象最深刻的是楊弦的民歌演唱會，他把余光中的詩〈鄉愁四韻〉譜曲演唱，許多作家詩人都去聽，十分轟動。林懷民的雲門舞集，一開始也是在中山堂演出。我印象最深刻的是林懷民跳〈寒食〉，他自己演出介之推那個角色，穿了一襲白衣；象徵介之推出淤泥而不染、不跟人同流合污的人格特質。那襲白衣的下襬非常長，他走上舞台慢慢的走，慢慢的拖拖拖……拖到另一頭走入後台了，那塊白布還沒有從他出來的地方拖出來。他那個舞蹈是非常有實驗性的演出，詩人商禽就站在舞台邊朗誦他寫的〈寒食〉那首詩。那天也是很多文藝界朋友去看，看完我們就在中山堂前面聊天。林懷民的爸爸那時大概做內政部長，大家紛紛跟他說：「林伯伯恭喜呀！演出很成功啊！」林伯伯卻笑著說：「哪有什麼成功，就是一塊白布在那裡拖來拖去呀！」

再講到重慶南路，我剛到台北的時候沒有錢，是重慶南路免費閱讀的長期讀者。雖然那時都是傳統書店，但是我的感覺就如隱地所說的，那裡面的店員眞的都是愛書的人，你站在那邊看免費書，店員也不會趕你。我認識更多的作家和作品，是從重慶南路的書店街開始的。尤其是每個月的新雜誌，能看到跟我一樣在寫小說的朋友發表了些什麼新作品，對我有很大的激勵作用。

年度小說的源起

隱：現在我們該談談「文學雜誌」和「年度文選」。諸位如果有機會到台北誠品敦南店，一進門右轉有個圓弧形的雜誌架，幾乎有一萬種中外雜誌展示在誠品書店，非常壯觀，什麼雜誌都有。而最少的就是文學雜誌，只剩下《聯合文學》、《印刻文學生活誌》、《文訊》和《明道文藝》。《皇冠》還在，基本上它比較是走流行的，《皇冠》的創辦人平鑫濤當年是熱門音樂的愛好者，他也有一個筆名叫「費禮」。那時他在空軍電台主持熱門音樂，當年的《皇冠》就是集郵雜誌、熱門音樂雜誌。後來有一次登了畢珍的長篇小說《古樹下》，剛好中廣將它改編成廣播小說，那是廣播小說的年代，也是崔小萍的時代，後來《古樹下》出單行本立即暢銷，從此《皇冠》的文學篇幅越來越多，然後又遇到瓊瑤的《窗外》，造成更大的轟動。我們那個年代的雜誌，文學味濃，譬如說有三本最有名的雜誌，一本是《純文學》，這是林先生林海音編的雜誌，當年我也有幸擔任過純文學的助理編輯，前後一年。直到我結婚，因家住北投，只好辭職。我的前任是馬各先生，我的後任是鍾理和的公子鍾鐵民，那個時候還有一本尉天驄編的《文學季刊》，白先勇、王文興、歐陽子、陳若曦等合辦的《現代文學》，連同《中外文學》。除了《純文學》，《現代文學》和《文學季刊》都沒有稿費，可是你看經過了二十年、三十年以後——很多當年重要的作家全是在這兩本雜誌上寫稿的作家，那個年代大家有一股對文學的狂熱。

現在的大學生爲什麼不能聯合起來好好從學生時代，就展開創作生命。像季季十四歲開始寫，我開始寫的時候也才十六歲，大學生應該辦自己理想的雜誌，像我當年編的《書評書目》雜誌或其他藝術文學方面的雜誌。現在那種花花綠綠、以性感女郎爲封面的八卦雜誌太多了。我們現在的社會活動辦得太多，作家多少應保持一些獨處時間。作家不是演藝人員；作家應該是讀他的心，心在哪裡？心在作家寫的書裡。

我講幾個感慨的數字，王鼎鈞先生當年在爾雅出版社出第一本書《開放的人生》，單是預約就四千冊，至今三十年間，總共銷了好幾十萬冊；琦君、白先勇、張曉風、席慕蓉寫的書，都有銷售數字超過十萬冊的紀錄。但現在無論什麼著名的作家，初版二千冊能銷完已屬難得，大多數的書半數都被書店退了回來。原因是，六〇年代，每年出書二、三千種，而現在一年出書超過四萬種，書種多，印書量反而大大降低，每種書只銷出一、兩千本，甚至只有幾百冊銷量，這樣的書，能對社會產生什麼影響力呢？我們談六〇年代文學雜誌，讓我們懷念感嘆，而現在大學學院林立，大家熱中讀研究所，碩士之後又讀博士，文學博士每天都在研究什麼？為何不能研究出一本好的、眞正的文學雜誌？我非常慚愧，做出版做了這麼多年，找不到一本出版史，找不到一本文學史，找不到一本小說史，找不到一本散文史。台灣的文學基本上還是斷代的，都是個別的；每個作家個別均有成就，但是未能形成有系統的集體成就。文學明顯被政治掩蓋，被流俗文化掩蓋，文學變成弱勢又小眾。

其實我覺得測驗一個社會優雅不優雅，只要看文學、藝術、音樂是否在社會上受到重視，變成我們生活裡很重要的一環，政治不應該囂張霸道到鋪天蓋地，社會上的人才會活得比較愉快。一個優雅的國家，他們出版事業蓬勃，而且不全是八卦的東西，應該以正統的詩、散文、小說爲主，作家在社會上得到尊重；好的文學編輯，也有相對的地位，書也賣得很好。年輕的朋友，你們要反過來，丟掉網路、丟掉電腦，應該重新拿紙、拿筆寫作，永遠記得紙跟筆就是我們文化最好的傳承。一旦生活只有電腦和網路，就像我講的，將來這個社會就只剩下數字，我們要躲避電腦陷阱。我覺得我們個人要抵抗科學的過度進步；這個集團化、商業化、財團化的社會，讓人靈魂墮落。我們在家裡，坐在燈下，打開一本書，從事心智活動，就會找回我們活著的價值。生活在網路裡出不來，你跟網路電來電去，你這個人很容易消失了，就像很多人在網咖裡面頭一低就死掉了，才三十歲！所以我說，網路是二十一世紀一頭專吃時間的怪獸。

季：看看隱地這些話說得多麼激動！我年齡比隱地稍微小了幾歲，不會那麼激動。關於他對電腦和網路的看法，我來說一些我自己的實際體驗。大約十年前，我們《中國時報》開始準備電腦化，定期請人來上電腦課，同事問我要不要報名，我都說不要。我當時的想法是《中國時報》全盤電腦化之前我已經到達退休年齡了。那時報社已經半電腦化，但還是「有紙作業」，記者的稿子，編輯的標題，都是列印出來給我看。大概二〇〇二年吧，離我退休年齡還有兩年，有一天我們總編輯黃清龍跟我說：「報社再過半年就全部使用EMS系統，妳還是要學電腦哦，不然只好提前退休。」所謂EMS，就是「無紙作業」，所有看稿改稿編輯等等，作業全部在電腦裡進行。我看我的孩子用電腦非常嫻熟，好像沒那麼難，我兒子說：「本來就沒那麼難，是妳自己覺得難啊。」我就說：「好，你去給我買一台電腦回來。」電腦買回來後，我兒子教我一些基本操作方法，我就開始學打字。要學打字，總不能亂打對不對，所以我用三個月的時間，一邊學打字一邊完成了一篇小說。在那之前，我已很久沒有寫小說了，但是因爲學電腦，竟然完成了一篇七千多字的小說〈鳥與蜂的對唱〉，後來發表在《聯合報》副刊。經過這件事，我知道電腦並沒有那麼可怕，電腦不但讓我再開始寫小說，在資訊取得方面也增加了不少方便。

至於隱地說的電腦網路現象，我來舉個例子。Google已經把全球許多大圖書館的書都上了網，這是一個好消息，問題是：我們有那麼多時間閱讀嗎？我們看得了世界各大圖書館的幾百萬本書嗎？當然不可能。但Google爲什麼這麼做？很簡單，電腦裡的世界跟現實人生一樣，各取所需：你要的，你才選取；幾百萬本裡總有你想看的幾本啊。我們的人生要面對很多狀況，謊言、吸毒、凶殺、誘惑等等，像我，就只選擇做一個安靜的寫作者。電腦網路裡也一樣有謊言、詐欺、色情等等，還有很多所謂的網路文學，這些都需要我們自己決定要接受或拒絕。不過電腦裡的資訊，不可否認有不少便利性。譬如說，我不可能訂閱很多報紙，但只要在電腦裡點一點，就可以看到各報副刊發表哪些文章，不必像剛來台北那樣跑到重慶南路書店街免費閱讀。所以隱地，電腦沒有那麼可怕，各取所需就好。我想我們這個年齡，一定更曉得各取所需的智慧。

現在我們是不是來談年度小說？

隱：看來畢竟季季比我年輕，她還有新的學習時間。我必須承認自己像一個「今之古人」。季季帶來這本《這一代的小說》，是「年度小說選」的雛型，收錄了民國四十五到五十六年發表的十九篇小說。這個版本是當年在大江出版社出的最初版本。民國五十四年出版，至今已經超過四十年。大江出版社的梅遜先生，本名楊品純，今年八十一歲，他的眼睛已經失明二十六、七年，卻毅力堅強的繼續在寫作，是一個很特別的作家。他當年是《自由青年》的編輯。我年輕時到西門町去逛街，其實都是跑到當年社址在台北市昆明街四十九號樓上的《自由青年》社和梅遜先生聊天，回想那時候的編輯多麼有愛心，他跟我差了十多歲，隨便問他什麼問題，他永遠跟你談。我現在想想那時候因爲他沒有女朋友，孤家寡人在台灣，任何年輕愛好文學的人去找他聊天，他都跟你聊；變成他的編輯部就是我們的度假中心。我們那個年代對文學都有一股狂熱，他後來發現好多人想出書，外面的出版社不肯接受，乾脆他就登記一家大江出版社。任何人找不到出書的地方都可以到他這個出版社出。像陳芳明、簡宛、丘秀芷，當年都曾在大江出版社出書，我的《隱地看小說》和最初的幾本「年度小說選」，也都由大江出版，所以梅遜先生眞的是我最早遇到的貴人和恩人。他後來眼睛失明了，但是他現在還在寫作。爾雅出了他幾本書，九歌也出了他幾本書。最近我還會爲他出版一本《新爲我主義》和另一本《孔子這樣說——從論語看「爲我思想」》。

爲何我要在談「年度小說選」前先談梅遜先生？因爲梅遜先生接納了我的「年度小說選」，讓我的夢想成眞。

第一本年度小說選，書名《十一個短篇》，由仙人掌出版社出版，但出師不利，銷路不理想，仙人掌不願繼續出版，我就把它搬回大江出版社，和當時的幾位年輕朋友如沈謙、鄭明娳、林柏燕、覃雲生、鄭傑光、洪醒夫等人，成立一個「年度小說編委會」，把每年最好的小說編成一冊，前後歷時三十一年。中間經過進學書局，書評書目出版社，後來成了爾雅招牌書，銷路好的時候，也曾印到七版，轉載費也因而提高到每篇一萬二千元，但早年像五十七、五十八等幾年幾乎未付轉載費，主編人也義務幫忙，甚至還自掏腰包貼錢才能把書印出來。

「年度小說選」編到民國八十七年就結束了，因爲報紙和電視新聞情節豐富，顚覆了小說，每天報上的新聞，比小說更精采，已經超過小說家的想像，所有驚悚事件，連連發生，加上高學歷時代來臨，人人都會寫作。寫書的人多，讀書的人少；書籍出版，供過於求。而「年度小說選」的成本高，出一本年度小說，幾乎是四本書的成本，而銷路徘徊在二千本左右，只好忍痛停編，爾雅除了停辦「年度小說選」，也停辦了「年度詩選」和「年度文學批評選」。

一個文學出版社，除了編「年度選集」之外，也可以幫作家做許多其他的事情，譬如替作家拍照。爾雅就曾爲作家出過兩本作家的影像集。把一個作家的特性拍出來，而不只是出書時作家隨便拿出一張身分證登記照放在書上。

黑夜裡永不熄滅的炭火

季：關於年度文選或文學獎，每個評審都會強調他的態度很客觀，但我覺得，閱讀的本身是一種直覺，也就是說，第一時間它就是主觀的論定。所以文學批評不管再怎樣強調客觀，它其實是從主觀出發的客觀，然後再考量其他的因素，從主觀的一點慢慢擴展成盡量客觀的平台。我們看諾貝爾文學獎，寫《戰爭與和平》的托爾斯泰，寫《尤利西斯》的詹姆斯．喬伊斯，都沒得過這個世界大獎；反之，許多得過這個獎的作家，現在我們已忘了他們的名字和作品。爲什麼會這樣？那就是評審在客觀的平台上，對作品仍有主觀的認定。在台灣，寫《家變》、《背海的人》的王文興先生，也沒有得過什麼大獎，但這兩部作品已被公認是台灣現代文學的經典。得到文學大獎，拿到一筆獎金，對作家辛勞創作當然是一種鼓勵，但對作家與作品的文學地位，其實毫無影響。我覺得，作家的責任就是創作，作品完成，責任也就完成，至於完成以後會得到怎樣的批評，得到什麼樣的掌聲，賣了多少本，得到什麼獎，跟作家、跟創作都已經沒有直接的關係。

對初學寫作的年輕朋友，得文學獎或作品被選入年度文選，我相信具有相當大的鼓舞作用。今年我從九月到現在，看了各種文學獎的小說大約一百篇，還看了十一部長篇，發覺其中有些作品是相同的人寫的，但是寫來寫去都差不多，沒有非常特殊的有創意的作品。我以前參加文藝營時，老師只叫我們寫一篇小說參加比賽，並沒有規定什麼主題，寫的時候很自由。但現在許多文學獎——尤其是地域性的——都會規定寫作主題，像高雄市的打狗文學獎，就規定要跟海洋有關係，因爲高雄是一個靠海的都會。以此類推，爲了符合各類文學獎的特性和主題，寫作者在寫一篇小說時，第一時間的構思就已經不一樣了，不是你原來眞正的、非常敏銳觸發你內心的那一點點東西。你想的是我要怎樣來符合這個主題，用什麼樣的故事、人物來烘托和主題相扣的意象。這和創作者初發於內心的文本，已經有一大段距離。

我們回頭來看六〇年代《現代文學》、《文學季刊》的白先勇、陳若曦、王文興、歐陽子、陳映眞、黃春明、七等生、王禎和這些可敬的寫作前輩，他們當時甚至連稿費也沒有，就是很純粹的創作的熱情，支撐著他們寫出那麼多那麼好的小說。我們以前很拮据的年代，用一個紅泥的火盆燒了一爐木炭，那炭火微微的、紅紅的，一直不斷地在黑暗中發亮；我想文學應該就是那樣的東西。那一點點微弱的火光，在黑夜裡就是我們最大的光芒。所以，文學獎也許像日光燈發出很大的光芒，但是創作最動人的地方，就是黑夜裡一盆微微的永不熄滅的炭火。

現在回來說我與年度小說的關係。我選年度小說，在作品水準的論定上非常主觀，但在選取的篇目和內容的搭配上，盡量做到客觀。我希望當年選入的作品，可以反映那一年的台灣社會發生什麼樣的事情，或是那一年的台灣作家用什麼樣的方式表現他對某一個事件的詮釋。當然，最重要的是，這篇小說有沒有寫好？我認爲好的小說的標準，第一是我一再強調的，文字要簡潔；第二是在簡潔的基礎上有沒有寫出自己的風格；它也可以凌亂，但這個凌亂一定是亂中有序的那種亂。第三當然是看它的故事和人物。如果文字好，故事和人物就能活起來；因爲故事的情節鋪展，人物的個性、對白、動作，都需要精準的文字支撐和烘托。最失敗的小說是作家自說自話；小說人物不管阿貓、阿狗、阿豬，不管老少男女，講話的語氣都一樣。小說人物因爲年齡不同，教育背景和家庭教養不同，性別不同，說話的語氣應該是不一樣的；成功的小說，往往一句話就可以凸顯小說人物的個性。除了以上說的，我也非常重視小說結尾的意象，這個意象有點像繪畫裡的留白，會讓我們對那篇小說留下一點點的想像，還有一點點的喜悅，還有一點點的感動。

以上這些條件，是我編選年度小說時很重要的幾個考量。我編過的年度小說，六十五年、六十八年、七十五年、七十六年，一共四次。七十五年編完後，隱地跟我說：「季季，以後都由妳來編好了，免得我每年要找人，很麻煩啊。」我本來也答應了他，但是七十六年結集出版後，我的工作職務調整，比以前更忙，我就對隱地說：「不行，太累了。」後來我就不再編了。其中的七十五年小說選，是我自己非常喜歡的一本。其實編這本書，決定非常倉促，因爲隱地原來請了一個教授主編，但那位教授突然必須在年底那兩個月出國開會，無法完成編務。十月十五日晚上十一點，我還在報社上班時接到隱地電話，要我無論如何不能拒絕這件事。以前隱地曾勸我要學會拒絕別人，留一些時間給自己寫小說；那天晚上他來電話叫我不可以拒絕他，我還能拒絕嗎？所以，《七十五年短篇小說選》，我的編選序言是〈最後一節車廂〉，因爲年度文選的主編，通常是在年初就決定，上了第一節車廂開始作業，而我是年底才上車作業的。

既然不能拒絕，答應之後我就開始構想編輯方向，首先想到的就是封面。以前十幾年的年度小說選封面，設計完全一樣，每年換個顏色，好像變成一個範例，看到封面就知道是年度小說，但我覺得那固定的封面實在太呆板了，所以就建議隱地，封面重新設計，把入選年度小說的作者照片放在封面。後來我請《中國時報》的同事何華仁設計封面，果然形成一個新的特色。

剛剛隱地提到作家影像的問題，我順便補充一下我的看法。隱地出過幾本作家的影像書。其中有一個攝影家，多次叫我去他的工作室拍照，我都沒去。這並不是我驕傲，而是我以前在報社上班，大多下午三點以後才起床，時間很難和他配合。後來類似的情況，攝影家要給我拍什麼作家影集，我也都沒有答應。除了時間因素，另一個原因是我很怕那種有點沙龍式的攝影方式；我看過幾個朋友去工作室拍的影像，大多表情僵僵的，失去原來的風采。我有一個朋友被一個攝影大師請去工作室拍照，帶了四套衣服去換，攝影家不斷指導她的姿態，表情，眼神，讓她覺得從頭到腳任人擺布，一肚子氣卻不好發作。後來照片寄來了，她說天啊，怎麼把我拍得這麼臃腫難看？我也覺得那位攝影大師確實沒把她典雅美麗的風采拍出來。我不但怕那樣的場景，更怕那樣的後果，所以比較喜歡在自然的狀況下拍照。

我編《七十五年短篇小說選》時，請作家提供他們自認滿意的照片，那些照片，都能代表作家自己的風格。除了改變封面，那年小說選有兩位作者特別值得一提。其中一個是以〈一夕琴〉入選的蔡素芬，那年她只有二十三歲，是最年輕的入選者。經過二十年，蔡素芬已寫了《鹽田兒女》等名作，今年《自由時報》舉辦第一屆林榮三文學獎，短篇小說首獎獎金高達五十萬台幣，備受文壇矚目，蔡素芬就是這個文學獎的主辦者。另外一個是以〈將軍碑〉入選的張大春。一九八二年馬奎茲以《百年孤寂》得諾貝爾文學獎後，台灣文學界也開始風靡魔幻寫實，但許多作者的才氣、技巧不足，寫來往往只有魔幻沒有寫實，張大春是實驗魔幻寫實技巧最成功的作者。他那篇〈將軍碑〉，那年獲得時報文學獎小說首獎，入選年度小說後又獲得洪醒夫小說獎。說到洪醒夫小說獎，我就想起六十五年我第一次編年度小說，隱地跟我說，美國有一個人很喜歡年度小說，那年他要提供一萬塊台幣，獎賞一位入選「年度小說」的作者——

隱：那個捐錢的人就是林海音的兒子夏烈，他那時在美國當橋梁工程師，自己也很喜歡寫小說。後來得到那筆獎金的是——

季：是吳念眞。

隱：對，吳念眞。那時吳念眞的經濟狀況不好，這一萬塊對他非常有用。

季：但我決定獎賞他，並不是因爲他的經濟情況不好。吳念眞那年二十五歲，也算文壇新人，白天在台北市立療養院圖書館工作，晚上讀輔大夜間部會統系一年級，是服完兵役才考大學的。他是家中的老大，有四個弟妹，父親在金瓜石做礦工，所以他初中畢業後就開始半工半讀，薪水大多要寄回家貼補弟妹的學費，是很努力上進的年輕人。

那一年有不少名家入選年度小說，包括七等生、王禎和、陳若曦、陳雨航等人，他們的小說當然也寫得很好，但我最後把那一萬元獎賞給吳念眞的〈婚禮〉，有兩個決定因素。其一是他的寫作潛力與爆發力，那年他共發表了六篇小說，是入選的十四位作者中，全年發表作品最多的，而且每篇都寫得很好。其二是〈婚禮〉所呈現的悲憫胸懷。

〈婚禮〉是一篇典型的礦區悲喜劇，寫從小失去父母的田清祥，眼見一個礦工去世後，礦工太太失魂落魄，無法照顧孩子。爲了不讓孩子重複他的不幸，田清祥決定做孩子們的父親，娶了礦工的遺孀。所以我在〈婚禮〉的「評介」第一段，是這樣寫的：「吳念眞是一個讓我感到驚訝的新人。我驚訝的不是他作品中的閃爍才情，而是它賦予作品人物的那種悲憫的胸懷。這種胸懷，對一個今年二十五歲的青年來說，確是非常的難能可貴……。」後來隱地決定設立洪醒夫小說獎，可能和六十五年夏烈捐的這一萬元獎賞有些關係。洪醒夫是民國七十一年七月三十一日在台中發生車禍，去世時才三十三歲，他的短篇小說集《黑面慶仔》、《市井傳奇》、《田莊人》，都是很好的鄉土文學作品。

隱：因爲洪醒夫當年也算我們……我剛剛講是一群文友，有鄭明娳、沈謙、林柏燕、覃雲生。洪醒夫也是我們編年度小說的夥伴之一，後來他車禍去世，我覺得應該爲他設置一個獎，這就是後來的「洪醒夫小說獎」。當年我們熱中文學，然而更重要的是社會本身有一種氛圍，那個年代不曉得爲何大家——不管男的、女的、年輕的作家、年老的作家，大家都在辦文學雜誌。年紀比較大的作家，譬如像尼洛、章君穀、高陽……他們在辦《文藝月刊》、《作品雜誌》，還有《文壇》的穆中南……，我們希望把文學風拉回來。人生在世，勞勞碌碌，唯有閱讀，可以擺脫庸碌人生。

諸位今天肯來聽季季和我對談文學，希望諸位回家以後，不管以前喜不喜歡閱讀書，從今而後，找一本你喜歡的書，設法養成閱讀習慣。親近文學就是有福之人。季季也講過，看小說就是看得見別人，我們現在很多人每天腦筋想的都是自己的不得志，當然會得憂鬱症。我們若能把自己的痛苦縮小，痛苦就根本不算什麼。

眞正的痛苦，古今中外的經典作品，裡面有多少人類的苦難、戰爭、災難……，我們個人的小悲小痛算什麼？文學眞的可以療傷。我自己遇到困境，就以閱讀和寫作療傷。

講來講去，我此生的特色就是靠近書、親近書。大家好像都說讀文科的、文學的沒有前途。什麼叫沒有前途？讀理工的就一定有前途？未必。我所以勸人接近文學，因爲文學總是讓我們思考人爲何而活？文學要人慢慢思索，人生最有趣就是「慢」。慢下來、一切慢下來，才能什麼都看到，看到別人，也體會別人的想法。眼前的社會什麼都太快，連旅行都只是車過，文學就是讓我們什麼都去走一走，而不只是車過！

只要接觸文學，年紀大了也不會感覺孤獨，因爲書籍不會背叛我們。只要書籍永在，音樂永在，電影永在，任何時候你跟這些靜物做朋友，這個書裡的世界眞的就是植物園，吸收芬多精，然後你的精神生活就會充實。書看多了人就有自信，你也會比較敢講講話，發表一點自己的意見。

從現在開始，除了看書、聽音樂，還要去看電影。透過電影，透過好的文學作品，你會知道什麼事情對、什麼事情不對，閱讀文學和看經典電影都會給我們頓悟。然後我們關心別人。對人有興趣，也充滿熱情，這樣就是熱愛生命；熱愛書的人，熱愛電影的人，熱愛藝術的人，都是熱愛生命的人，這種人就不會活得垂頭喪氣。我們雖在苦悶的年代仍要活出自己的品味生活。

文學是緩慢形塑的過程

季：剛剛大家是不是充分的、百分之百的感受到隱地這位憤怒老年的憤怒？我認識隱地四十多年，以前我們也常在各種不同的場合見面，在電話裡聊天，他也常表現這樣的憤怒。不過剛才這一連串「啪啪啪啪啪！」是我聽過最長的憤怒。我想大家也一定可以感受到他的用心良苦。也許因爲我比他年小幾歲，還沒有到憤怒老年的年齡，沒有像他這麼憤怒。

我們剛才從飛機場來文學館的路上，應鳳凰教授很貼心的幫我們準備了一盒午餐在車上吃，隱地很快就吃完了，我卻還有很多東西沒吃。我跟隱地說，我從小就聽父親告誡，一口飯至少要嚼二十下，我看我父親好像不止二十下，而是嚼了三四十下，常常我們全家都吃完了，他還在吃，我母親就生氣的說：「食卡緊咧啦！我要等你洗一塊碗等半天。」我父親就說：「妳免等，我慢慢吃，我會自己洗。」我母親晚年的時候，感慨的說：「誰叫伊的名字叫『日長』，伊的日頭就是比人家長啊。」因爲我父親的名字叫李日長。

這雖是題外話，但一口飯至少嚼二十下這件事卻影響了我的一生。因爲吃飯慢，相對的，我做什麼事也都慢。譬如說寫稿，有人一天可以寫幾千個字，我一天如果能寫一千字，就很滿意了。但寫得快未必寫得不好，寫得慢也未必寫得好，我想這是因人而異的。不過就我自己來說，慢的過程有一個節奏，那個節奏就像自我管理，讓我知道我要做什麼，不要做什麼，讓我知道我寫什麼是好的，不寫什麼是好的；在這個節奏邏輯裡，我得到我最愉悅的寫作世界。所以，我覺得文學是一個緩慢形塑的過程，因爲緩慢，我們現在還可以看到幾百年前的作品。大家可以回想一下，產業革命以後發明的很多機器，早已沒有人在使用了。科技標榜一日千里；三年前的發明，三年後可能被更新的產品取代而停產。一代又一代，科技產品不斷更新，三年、五年，它的生命就沒有了。但是文學，三百年、五百年，我們都還可以看得到，這就是緩慢的過程，緩慢的好處。所以最後，我要用「緩慢」這兩個字送給各位。我們大家緩慢的前進，緩慢的創作，如果有能力，我們要留給後代一些緩慢的成果。

謝謝各位。

二〇〇六年六月《明道文藝》

兩代永定女子的台北對話

蔡曉玲／記錄整理

相差二十二歲的前輩作家季季和中生代作家鍾文音，都來自雲林縣二崙鄉永定村。鍾文音的三叔公與季季的父親是朋友，兩個堂姑和季季更是讀永定國小與虎尾女中的校友，兩人不僅對原鄉有著許多切割不斷的記憶，對鄉土與城市的對比也有深刻感受。二〇〇八年四月二十九日，她們在見證新舊文化台北的明星咖啡館，對話出兩代永定女子不同的記憶與時代的斷裂印象。

從明星咖啡館到流動咖啡館的寫作

季季（以下簡稱「季」）：

我和文音有兩種奇妙的緣分。一、二〇〇〇年她以〈心寬的年代〉獲得第一屆劉紹唐傳記文學獎，我發現她文內提到的長輩不是我父親的朋友就是我的小學同學，因此知道她是我的永定同鄉。二、我一九六四年來台北後做了十四年專業作家才進入新聞界工作，文音則在新聞界工作幾年後辭職專心寫作；如今我已退休，和文音一樣是專業作家。

我十九歲到台北來兩個多月，皇冠與我簽約做基本作家，當時最重要的寫作場域就是明星咖啡館。那時我在永和租房子，小小的房間裡沒有書桌，只能俯在竹床上寫作，總是寫得腰痠背痛。為了能有舒適的桌子寫稿，就常到明星咖啡館。一九六四年五月到一九六五年五月結婚前，我常常坐在明星三樓，面向著對面的城隍廟寫作，我的第一本書《屬於十七歲的》，大部分是在這裡完成的。

在明星咖啡館寫作，還有一個吸引我的特點就是自由自在，因為不管我在那裡寫多久，明星的簡老闆和員工都不會趕人，我總是點一杯八元加了冰塊的檸檬水，它不像咖啡一下就會喝完，能喝得比較久。手頭上比較有錢時，中午就再點一客十二元的火腿蛋炒飯；沒錢時，就自己帶半條土司進去，不過當然不能讓老闆發現。

所以，這些年來明星咖啡館對我來說就像娘家，我總不時回來這裡懷舊，感受過去。現在台北的其他咖啡館，我走進去總會覺得不安、不自在。

鍾文音（以下簡稱「鍾」）：

我開始寫作時，已經是連鎖咖啡館、連鎖速食店普及的年代了。那時常去麥當勞或聖瑪莉這類連鎖店閒晃或者寫點什麼東西，但和妳不同的是，我貪圖的不是舒適的桌子，不是為了眷戀環境，而是為了冷氣。那時我租屋在公寓頂樓，沒有冷氣，悶熱得很。長久在台北的移動裡，我已經可以適應各式各樣的聲音背景，店裡環境再吵雜，也都能寫作。我最怕的不是環境，而是心情不好。一旦心情不好時，再美好的地方都頓成廢墟。

過去妳那一代的作家，會與咖啡館或咖啡館老闆建立長久關係。我這一代的作家則是在咖啡館之間流動的，店的本身也是流動的，店裡的每個人也都是城市流動的身世。

季：不止是場域定點的不同，我們那個時代的聽覺也不同。我們是習慣安靜的，你們這一代是慣於吵雜的。我在吵雜的環境下沒辦法寫作，但吵雜對你們這一代卻像是一種薄膜，把你們包起來，太清晰反而就不能寫。就像張愛玲的電車一樣，沒有電車聲反而睡不著。那是習慣，是時代的聽覺背景不同。

鍾：對，每個時代都有不同的聲音背景，現在到處都是電波，從手機到捷運，每天都有各式各樣的聲音流動。這些流動也形成了我內在世界對於聲音的免疫力，雖然我對聲音很敏感，很容易因為聲音而難入眠，但不會因為聲音而難以寫作。說來也很怪！

從群體到孤島的異鄉人

季：我那一代，台北能去的咖啡館不多。除了明星咖啡館，還有衡陽路文星書店斜對面的田園咖啡館，年輕人愛去那裡談情說愛，另外是長安東路上的月光咖啡館，那裡的古典音樂很棒。

明星咖啡館，常到訪的是作家和藝術家。最早到明星咖啡館的作家，大概是白先勇、王文興、陳若曦、王禎和他們《現代文學》那一批。一九六四年我來明星寫作時，他們不是出國就是去當兵，已經不在明星出入了，通常是我一個人在三樓寫稿。到了一九六四年秋天，考上政大的林懷民，也會在周六周日到明星來寫作，林懷民寫一寫，還會拿來問我：喂，妳看我這段寫得怎麼樣？

鍾：妳對年代清楚得嚇人，像我記事情依賴的都不是年代，甚且我對時間與年代常有模糊的錯置感。我寫東西依據的是「畫面」，殘存在我心中的「影像」。

同時，我們這一代也沒有文壇結盟，雖然同輩寫作者也都認識，偶而也有聚會。但卻沒有內在心情的掛鉤，頂多在一起就閒聊些流言，對於彼此眞實生活面貌卻包了層保護膜，不參與他人內心世界，也不準備打開內心世界給別人看（所以自殺的作家都是屬我這一輩的），當然也沒有人會問彼此寫的怎麼樣了，關心的都是很淺的東西。

表面看起來我生活的這個時代一切都很公開，什麼消息都會不脛而走，但其實我們彼此十分陌生，像我總是習慣隱藏，別人看到公共場合的我未必是「眞我」，「眞我」其實都在寫作裡。

我不知別人如何，但我是絕對沒有團體的人，我在團體裡會和善簡單，因爲我把一些黑暗躲藏起來。說來，我這一代確實是生活在繁華城市的流動孤島。至少這麼多年我都是這樣。

季：對我們永定人而言，初來台北其實是異鄉人。不過我們那一代和寫作同好的來往比較密切，生活中各種的沒有，就可能有各種的有。沒有電話、沒有手機，就寫信，或親自登門拜訪。在家寫稿，有時門被敲響，原來是編輯、作家朋友或讀者來訪了。

現在的作家可能不斷的出入各種場域，但沒辦法進入彼此的內心。我們是場域不多，但很快都能進入彼此的內心，知道他們的故事。那時台北沒有所謂的東區，我們常出入的場域，除了明星咖啡館還有中華路的國軍文藝中心，新公園對面的天琴西餐廳，中山北路上的幾間畫廊。去都是爲了朋友的展覽，或見見朋友。那時也沒有兩廳院，聽音樂會都在中山堂與信義路的國際學舍（現已拆除）。

這一代的作家，跟人比較疏離，大概很多是從「我」的內心開始寫作，但我那一代作家是從他者的觀察開始創作的。

鍾：我們兩代寫人物的不同在於，你們有種人事氛圍的情蘊，而我們大多是傾向自剖；你們是有根的記憶，我們看似熱鬧其實孤寂。我們是薄膜下包覆的個體，隔絕整個時代背景，因此寫的都是「個我」的故事，少有他者的故事，也不太去介入他人的生活，至少我是這樣，我覺得我創作，但絲毫沒有文壇之感。另外，我覺得兩代作家的養成方式也不同，你們那一代多是在一群人所主辦的文學雜誌裡發表作品，我們這一代多由文學獎得到名聲，是個我去爭取來的，完全沒有所謂的「前輩」在背後撐著。也很少有「前」人給我鼓勵，我的鼓勵反而都來自很年輕的讀者，他們總是告訴我，我雖然寫的是自己，卻反映了他們的內心。但那些讀者都是陌生人，不像妳的年代有來往密切的文壇好友。

需要努力把記憶烘焙出時間深度的一代

鍾：你們那一代作家書寫的台北裡，有好多人；我這一代作家書寫的台北裡，反而不多。跟妳的台北記憶比較起來，我的台北沒有其他人的參與，所以，我只能藉由母親的記憶來書寫她的城市經驗與變化。我們這一代作家，尚未將記憶烘焙出時間厚度，所以寫來寫去都是寫自己的「當代」，比較少述及歷史，敘述的時間長河也沒有拉開，頂多就是寫到童年而已。但我想，我需要努力的正是把記憶烘焙出時光的深度，讓記憶可以跨越「個我」，逐漸走向一個更遠更遠的遠方。

季：現在的年輕作家，生活的經驗不夠廣，關心的面度也不夠深，因此小說裡常不斷出現重複的角色。

鍾：沒錯，很多時候總是寫完了出書了，才想到還有許多未被敘述的。就像我的母親，是我的創作原型。母親這個原型最早出現在小說《女島紀行》，散文《昨日重現》，然後是小說《在河左岸》，以及現在這本《少女老樣子》。小說與散文不斷交叉書寫，爲的就是希望不要太寫實，希望可以將母親的角色轉化成不是我生命裡的眞正母親。我想所有書寫其實就已是「虛構」，因爲記憶本身就有自動篩選與不可靠的種種特質。

季：作家的書寫，總是有兩個定點，一個是第一故鄉，另一個是第二或第三故鄉。這個定點是地理的也是心理的。

鍾：對啊，但原鄉的東西總是會反覆出現。

書寫母親的鍾文音與身為母親的季季的移動差異

季：我剛到台北時，台灣還沒經濟起飛。那時的台北很安靜，有一種空間感，不會干擾人的思考，不像現在到處都擠滿了人。像妳在這本新書也寫到的東區，我做職業作家時，常到南京東路三段的《皇冠》雜誌社去校稿，那時附近都是一片片稻田，連松山機場前面也都還是稻田。至於西門町，以前的西門町也很安靜，我常去那裡的幾間戲院看電影，但現在的西門町已經被新宿化了，到處充斥著吵雜的流行歌曲，我想去那裡懷舊，卻有一種被隔離的失落感。

老台北的記憶像被刀子削掉一樣，留存的越來越少。妳說台北人失憶，我覺得台北人是被強迫失憶的，因爲最近這十多年台北變化太快了。

鍾：我覺得很有趣的一點是，你們那一代像是以走路的方式看台北，我這一代則是像坐在車子上看台北。你們是緩慢的，我們則是變化快速的。我們所見的台北已是高樓大廈，但卻常聽前人說，這裡以前是稻田，或者是刑場，腦中常會有種時光的荒謬感。我一直喜歡這種時間對比的荒謬感，我喜歡的台北也正有著這種特質。

季：我很懷念從前走路或坐公車看台北的時光。自從捷運通車後，現在的台北人像地底人在城市下穿梭，坐在車廂裡，總是閉起眼睛，或是看自己的書，沒有與人及地景變化對話的空間。

其實我很羨慕單身的妳，可以自由進出城市的各個場域。作爲一個母親，我的工作是照顧孩子及應付現實生活。林懷民曾說：我的眼睛永遠看著腳下三十公分的地方。作爲舞者，永遠要看著自己跨出的一步；作爲母親，其實也是一樣的。

但從妳的書寫，我看到了我所不認識的台北，有很多場景是我沒有去過的，因爲我在台北的移動都是有目的性的，不是去上班就是去辦事，很少自由自在的閒逛。透過妳的閒逛和書寫，才進到那些陌生的場域，對我來說，這是全新的經驗。對讀者來說也是。每個人的遊走路線不同，有些地方可能與妳重疊，有些則錯開，在重疊與錯開之間，讀者與作者之間的對話空間就產生了。

鍾：林懷民看著他腳下的三十公分，我則是看著腳下的三十公里。我以前覺得生活在台北會讓我窒息，我得出去看世界，我得泅泳在汪洋大海，才能感到自在與呼吸順暢。現在年紀漸長，才覺得台北故里的可愛。我慢慢將長年浪跡天涯的腳下三十公里的世界他方，慢慢收回成腳下的三十公分，我像是浪子逆女，逐漸發現腳下的「家」才是最美的，也慢慢體會我母親的美好與艱難。我想作爲母親的妳，在台北生活是定點的，就像我的母姨輩般，她們年輕時在這座城市打拚，雖然移動，但都是有目的地的移動，絕不會產生像我這種無目的的遊晃。所以我的台北是遊蕩的，常常是沒有目的的閒走。同時，我的台北也是情色流動的，暗潮洶湧的情慾是我年輕時晃蕩的台北底層，我想我書寫出的其實不過是我冰山世界的一角而已，有更多的台北情色或者個我的生活，是作家得經歷更多的時間之後才能慢慢書寫成形的吧，難言之隱的東西其實還很多很多。

我從「看不見自己的故事」寫起，最後，這個自己也不斷成了故事的主角後，我才又看見了自己，這是寫作有趣的過程。帶點看山不是山，後來又看山是山的味道。

就像我起先不喜歡台北，總看不清台北；現在台北對我而言，卻眞正成了收留我的港灣。我不再那麼喜歡當異鄉人了，雖然我到哪都是異鄉人。

很多人喜歡問我旅行這麼多城市後，會想在哪裡定居？以前我總是說不知道，現在我卻明白，喜歡台北，喜歡定居台北。眞的，除了台北，我無他之想。（不過我是有那麼點善變的。笑！）我很怕成爲張愛玲，離開上海就不再寫作了。

離開台北，我或許也無能寫作了。

但現在說的事，也都說不準。我說過了，我們這一代的記憶與書寫還需要很長時間的不斷烘焙。所以我的每一部作品都只是我的一個小小切片，總覺得永遠都有「未完成」之感。（鍾文音《少女老樣子》序／大田出版社）

二〇〇八年五月三十一日《聯合報》副刊

【代後記】

此身

1.

我在這個世界活得越久，越覺得此身非我有。

2.

一個對這世界沒有微笑的人，對自己也是沒有微笑的。

3.

作爲一個寫作者，我最大的理想是追求純粹的藝術。

作爲一個生活者，我最深的悲哀是面對純粹的無知。

4.

許多時候，無知潔白素雅有如天使；
但是多麼不幸，無知有時也是一種不可饒恕的罪惡。

5.

一個人知道自己在做什麼，你就不能說他盲目。
盲目的人是這世界的夢遊者。

6.

我們的老祖宗勸人對待朋友要坦誠相見。
我的經驗是：有些朋友一旦坦誠，以後就少有機會相見了。

7.

因此我已經知道，許多現代人有氣球一般薄大的自尊；
也有扁魚一般僵直的自卑。

8.
我問一個沒有孩子的中年朋友是否會爲晚年孤寂而煩惱？
朋友答曰：「怎麼會？我認識很多有孩子的老人，他們的煩惱比我更多！」

9.
悲劇，悲劇，你到底有多少種面目呢？

10.
西維亞．普拉絲說：「每一個成人，都是一個劫後餘生的人。」
但是，每一個劫後餘生的人，是否都是成人？

一九八七年

季季作品集 4

我的湖

作　　者	季　季
總 編 輯	初安民
責任編輯	施淑清
美術編輯	黃昶憲
校　　對	吳美滿　施淑清　季　季
發 行 人	張書銘
出　　版	INK 印刻文學生活雜誌出版有限公司 台北縣中和市中正路 800 號 13 樓之 3 電話：02-22281626 傳真：02-22281598 e-mail : ink.book@msa.hinet.net
網　　址	舒讀網 http://www.sudu.cc
法律顧問	漢廷法律事務所 劉大正律師
總 代 理	展智文化事業股份有限公司 電話：02-22533362・22535856 傳真：02-22518350
郵政劃撥	19000691 成陽出版股份有限公司
印　　刷	海王印刷事業股份有限公司
出版日期	2008 年 7 月　初版
ISBN	978-986-6631-20-7

定價　260 元

國家圖書館出版品預行編目資料

我的湖／季季著；
--初版，--臺北縣中和市：INK 印刻文學，
2008.07　面；　公分（季季作品集；4）
ISBN 978-986-6631-20-7（平裝）

855　　97011759

INK INK INK INK INK INK
NK INK INK INK INK INK IN
INK INK INK INK INK INK
NK INK INK INK INK INK IN
INK INK INK INK INK INK
NK INK INK INK INK INK IN
INK INK INK INK INK INK
NK INK INK INK INK INK IN
INK INK INK INK INK INK
NK INK INK INK INK INK IN
INK INK INK INK INK INK
NK INK INK INK INK INK IN
INK INK INK INK INK INK
NK INK INK INK INK INK IN
INK INK INK INK INK INK
NK INK INK INK INK INK IN
INK INK INK INK INK INK
NK INK INK INK INK INK IN
INK INK INK INK INK INK
NK INK INK INK INK INK IN
INK INK INK INK INK INK
NK INK INK INK INK INK IN
INK INK INK INK INK INK
NK INK INK INK INK INK IN

NK INK INK INK INK INK I
K INK INK INK INK INK INK
NK INK INK INK INK INK I
K INK INK INK INK INK INK
NK INK INK INK INK INK I
K INK INK INK INK INK INK
NK INK INK INK INK INK I
K INK INK INK INK INK INK
NK INK INK INK INK INK I
K INK INK INK INK INK INK
NK INK INK INK INK INK I
K INK INK INK INK INK INK
NK INK INK INK INK INK I
K INK INK INK INK INK INK
NK INK INK INK INK INK I
K INK INK INK INK INK INK
NK INK INK INK INK INK I
K INK INK INK INK INK INK
NK INK INK INK INK INK I
K INK INK INK INK INK INK
NK INK INK INK INK INK I
K INK INK INK INK INK INK
NK INK INK INK INK INK I
K INK INK INK INK INK INK
NK INK INK INK INK INK I

NK INK INK INK INK INK IN
INK INK INK INK INK INK
NK INK INK INK INK INK IN
INK INK INK INK INK INK
NK INK INK INK INK INK IN
INK INK INK INK INK INK
NK INK INK INK INK INK IN
INK INK INK INK INK INK
NK INK INK INK INK INK IN
INK INK INK INK INK INK
NK INK INK INK INK INK IN
INK INK INK INK INK INK
NK INK INK INK INK INK IN
INK INK INK INK INK INK
NK INK INK INK INK INK IN
INK INK INK INK INK INK
NK INK INK INK INK INK IN
INK INK INK INK INK INK
NK INK INK INK INK INK IN
INK INK INK INK INK INK
NK INK INK INK INK INK IN
INK INK INK INK INK INK
NK INK INK INK INK INK IN
INK INK INK INK INK INK